"신神은 당신의 꿈이 뭔지에는 관심이 없다.
당신이 지금 행복한가에 관심을 둘 뿐이다."

고故 신해철

마흔에,

인도

마흔에, 인도

7살 아들, 아내와 함께 떠난 90일간의 배낭여행

추성엽 지음

솔트앤씨드

'나'를 아는 것이 세상 모든 성공의 기본

복잡다기하고 설왕설래도 많은 인도를 풀어내는 한 단어는 '맛살라'다. 맛살라는 인도의 향신료인데, 계피, 고수풀, 회향, 건고추, 심황뿌리 등 여러 가지 재료를 배합해 인도 향신료 특유의 맛을 낸다.

다양한 재료를 사용하며 지역에 따라 그 맛이 다른 '맛살라'는 인도의 문화, 사회, 정치를 대표하는 용어가 되고 있다. 인도에는 아리안, 드라비다, 몽골, 중앙아시아계 인종 등 다양한 인종과 종교가 있다. 북부 카슈미르 지역에서는 알렉산더 대왕이 동방원정 때 남기고 갔다는 파란 눈의 후손들까지 볼 수 있다.

통용되는 언어는 180가지가 넘고, 신분 계급은 4단계 카스트에서 분화를 거듭해 지역과 직업에 따라 3천여 종의 자티Jati로 세분화된다. 1947년 독립 당시 언어의 차이에 따라 구분한 주도 28개나 된다고 하니, 인도는 가히 복잡한 맛살라라고 부를 만하다.

이런 인도의 다양하면서도 복잡한 모습을 글로 표현한다는 것은 결코 쉬운 일이 아니다. 지금까지 인도를 소개하는 책들은 단편적인 '지식'을 전하는 것들이 많았다. 자기 주관이 지나치게 들어가서 인도에 대해 잘못된 환상을 전달하거나 독자들을 오도하는 책들도 있었다.

그런 점에서 인도의 여러 곳을 직접 여행한 경험을 전달하는 이 책은 마치 한편의 다큐 영화를 보는 듯한 현장감마저 느끼게 한다. 그러면서도 감정에 휘둘리지 않고 차분히 눈앞에 펼쳐진 대상을 관조하는 자세가 눈에 띈다. 저자의 사물을 보는 내공이 만만치 않음을 보여주는 것이다.

인도의 힌두교에서는 사람의 일생을 4단계로 구분한다.

① 학생기學生期(25세까지): 베다를 학습하고 지식, 도덕적인 훈련을 쌓으며 스승에 헌신하고 복종하는 시기

② 가주기家住期(50세까지): 결혼해서 자식을 낳고, 가족 부양과 성직자를 돕기 위해 일하며, 조상과 신에게 제사 드리고 이웃에게 봉사하는 시기

③ 임주기林住期(75세까지): 손자를 본 후 부인과 함께 삼림에 은퇴하여 명상 등의 수행을 통해 궁극적 가치를 추구하는 시기

④ 유행기遊行期(75세부터 죽을 때까지): 은둔에서 벗어나 탁발수행을

하며, 성지 순례를 하고 죽음을 맞이할 준비를 하는 시기

인도인들이 가장 중요하게 여기는 것은 임주기와 유행기로 힌두교의 해탈Moksha은 이 두 개의 주기에서만 이루어진다고 한다.

우리 인간들은 늘 경쟁하는 구도 속에서 살아왔다. 그리고 승자는 패자보다도 여인, 재물, 명예 등 많은 것을 향유해 왔다. 그러나 진정한 승자가 누구인가에 대해서는 아직도 의문이 있다. 학생기, 가주기에 우월한 위치에 있던 사람들이 과연 임주기, 유행기에도 승자라고 부를 수 있을까. 40도가 넘는 살인적인 폭염 속에서 푼돈을 구걸하는 인도의 늙은 수행자를 반드시 불행한 사람으로 보아야 하는가. 저자는 그에 대한 해답을 주고 있다.

이 책의 요체는 과감하게 자신을 돌아볼 기회를 만들어 보라는 것이다. 저자는 스스로를 반추해 보는 대상으로 인도를 골랐다. 그러면서 '진정한 승자는 한걸음 물러설 줄 아는 여유를 가진 자'라는 사실을 암시하고 있다.

유치원생인 아들, 그리고 부인과 동행하여 인도 여행을 하기로 결심한다는 것은 대단한 결단이다. 그만큼 삶의 새로운 전기가 절실했다는 것이고, 그러한 고뇌가 책의 곳곳에서 드러나고 있다. 인도의 극한 상황을 접하면서 자신의 과거를 투영시키는 것 또한 한 편의 고해성사처럼 진솔한 감동을 느끼게 한다.

저자는 인도 여행을 끝내고 3년여에 걸쳐 원고를 쓰고 손질했다고 한다. 그만큼 인도와 인도에서 보냈던 시간에 대해 애정이 각별하다는 증거가 아닐까. 인도를 제대로 보고 공감할 수 있는 역작의 등장을 충심으로 환영한다.

이 글을 쓰고 있는 오늘은 마침 인도에서 인연을 맺은 산딥 미쉬라 델리대학 교수가 떠나는 날이기도 하다. 동북아역사재단 초청으로 2개월간 한국에 머물다 돌아가는 그는 한국과 특별한 인연을 가지고 있다. 십여년 전부터 파전과 막걸리를 즐기면서 한국 말과 한국 문화를 배워온 그는 이제 한국의 부정적인 모습까지도 사랑할 줄 아는 사람이 되었다.

미쉬라 교수와 조만간 백년가약을 맺을 여인은 한국 사람이다. 미쉬라 교수를 사랑하고 인도를 사랑할 줄 아는 착하고 차분한 여인이다. 오늘은 미쉬라 교수와 함께 걸었던 뒷산을 넘고, 인도라는 화두를 놓고 이 책의 저자와 막걸리라도 한잔 했으면 좋겠다.

김승호
전前 (주)인도 한국대사관 참사관, 태권도진흥재단 기획관리국장

목차

인생은 길 떠남의 연속이다

가만히 눈을 감는다. 살아왔던 삶을 떠올려보면 나의 의지대로 살아왔다고 생각되다가도 문득 섬세하게 디자인된 길을 걸어왔다는 느낌도 든다. 왜 그럴까? 그러한 느낌을 찾아 월정사로 템플 스테이를 간 적이 있다. 고즈넉한 산사에서 스님과 마주한 자리에서 물었다.

"스님, 지금까지 살아온 제 삶을 되돌아보면 마치 그러한 선택을 하라고 이미 정해져 있었다는 생각이 듭니다. 하지만 미래를 떠올리면 모든 것은 저의 선택에 달려 있다는 느낌도 듭니다. 도대체 사람의 운명이 무엇이고, 어떻게 살아야 합니까?"

잠시 침묵의 시간이 흐른 뒤 스님은 답했다.

"사람의 운명은 어떤 부모님 슬하에서 어떤 조건으로 태어나느냐에 따라 일정 부분 정해집니다. 그것은 사람의 힘으로는 어쩔 수 없는 영역이겠지요. 봄이 지나면 여름이 오고 가을을 거쳐 겨울이

오는 것처럼, 사람의 일생에도 희로애락과 같은 굴곡이 끊임없이 닥칩니다. 여기서 명심할 점이 있습니다. 누구도 다가오는 겨울을 막을 수는 없습니다. 하지만 어떤 선택과 준비를 하면 겨울을 따뜻하게 보낼지는 알 수 있습니다."

스님의 말에 정신이 번쩍 들었다.

천재 물리학자인 아인슈타인은 "어떠한 경우에도 신神은 결코 주사위를 던지지 않는다"고 말했는데, 이에 대한 스티븐 호킹 박사의 반론은 걸작이다. "신神은 지금도 주사위를 던질 뿐만 아니라 가끔 우리를 혼동에 빠뜨리려고 보이지 않는 곳으로도 던진다"는 것이다. 과거에는 신의 섭리에 따라 만들어진 길을 운명이란 이름으로 살아온 듯하고, 미래는 본인의 의지에 따라 얼마든지 운명을 개척할 수 있을 것도 같다. 과거는 아인슈타인의 말이, 미래는 스티븐 호킹의 주장이 옳게 보인다.

오늘은 어제의 결과이고 오늘의 결과가 다시 미래가 된다는 사실은 명확하다. 과거와 현재 그리고 미래는 분명 연결되어 있다.

살다 보면 누구에게나 힘든 순간이 반드시 닥친다. 소중한 사람을 잃거나 믿었던 사람에게 배신을 당하기도 하는, 예상치 못한 일이 터지기 마련이다. 때론 본인의 의지와 상관없이 주변의 여건이 조성되면서 자신에게 선택을 강요하는 경우도 있다.

누구나 한번쯤은 인생에서 좌절이나 패배를 맛본다. 이때가 중요하다. 누구를 원망하기보다 자신을 되돌아볼 필요가 있다. 깊이 들여다보면 거기에는 그럴만한 이유가 있다. 과거에 얽매이면 현재의 삶이 바르지 못하고 그것은 다시 허망한 과거가 된다. 겸허한 마음으로 극복해 낸다면 분명 새로운 전환점이 만들어진다. 위기가 곧 기회인 것이다.

가족과 인도로 여행을 떠나면서 나는 두려웠다. 가장으로서 여행에서 돌아온 다음 생계를 책임져야 한다는 현실적인 문제가 있었고, 피폐해진 심신을 회복할 수 있을지에 대한 확신이 서지 않았다. 어쩌면 나를 포함한 가족의 운명을 송두리째 바꿔놓을지도 모를 결정이라 용기를 내기가 쉽지 않았다. 하지만 결국 그때의 결정으로 많은 것을 얻고 일상으로 복귀할 수 있었다. 떠나지 않았더라면 죽을 때까지 모르고 오직 성공만을 쫓아 달려갔을 것이다.

낯선 곳에서 현지인과 부대끼면서, 직장에서의 성공이 인생의 전부인 줄로만 알고 허겁지겁 달려온 나를 성찰하면서 회한의 눈물을 흘렸다. 그곳이 신과 철학의 나라 인도였기에 가능했다고 나는 믿는다.

"인생은 여행이다"라는 지극히 평범한 말 속에 어쩌면 삶의 철학과 해답이 있을지 모른다. 너무 익숙해서 흘려들을 말인지는 몰라도 우리는 분명 오늘도 지구라는 행성을 타고 여행을 하고 있다. 여행은 즐겁고 신나야 한다. 이를 위해서는 목적지 선택이 중요하고 동반자도 중요하다. 물론 경비도 중요하다. 그것은 마치 성공적인 인생을 살아가기 위한 조건과 흡사하다. 그 이유를 나는 이 책에서 이야기하려고 한다. 인생이 고달프고 힘들게 느껴지는 이유, 그리고 삶을 어떻게 살아가야 할지에 대한 물음도 던져보고 싶었다.

구비문학을 연구하는 신동흔 건국대 교수는 옛 이야기의 주인공들은 모두 길을 떠난다는 점에 주목한다. 백설공주가 그렇고, 헨젤과 그레텔이 그렇다. 또한 효녀 심청이 그렇고, 바리데기 이야기가 그렇다. 집을 떠나 길을 나선 주인공들에게는 험난함과 함정이 가득하지만 그들은 모두 용기를 가지고 자신의 삶을 헤쳐나간다.

열심히는 살았지만 행복하지 않다면, 어느 날 문득 '내가 지금 무엇을 하고 있나', '내 삶에는 무엇이 남았나'라는 의문이 들거든, 잠시 일상을 내려놓고 바깥을 쏘다녀보기를 권한다.

추성엽

제1장

수천 년 전에
정해져 있었던 일

자연이 베풀 수 있는 모든 부와 힘과 아름다움을 가장 풍족하게 타고난 나라를 전 세계에서 택하라고 한다면, 나는 주저 없이 인도를 지적하겠다. 하늘 아래서 인간의 정신이 선택 받은 재능의 일부를 가장 완벽하게 발전시키고, 인생의 최대 문제를 가장 심각하게 고민했으며, 플라톤과 칸트를 공부한 사람들에게도 충분한 주의를 끌 만한 사상의 원천이 바로 인도에 있다.

막스 뮐러Max Muller

Manali

인도 마날리 인도인들의 정신세계를 지배하고 있는 철학은 어디에서 왔을까? 이들 대부분이 믿는 힌두교는 한마디로 규정할 수 없는 특별한 종교다. 일정한 교리 체계나 교권 조직이 없는데도 이들은 힌두교로 시작해 힌두교로 생을 마감한다. 살아가면서 발생하는 모든 문제를 과거에 자신이 쌓은 업보Karma에 따른 결과로 믿는다. 얼핏 보기에는 이들의 종교나 철학이 현실을 부정하는 것처럼 보일 수 있지만 깊게 들여다보면 이들의 종교야말로 현실과 이상이 가장 조화를 이룬 균형잡힌 철학이라고 평가받는다.

지지하면서
함께 가는 아내 _ 부부

처음에 정한 여행의 목적지는 남미 대륙이었다. 거대한 아마존을 따라 내려가면서 대자연의 숨결을 느낄 수 있는 테마로, 어렸을 때부터 지구 반대편에 있는 미지의 세계가 항상 끌렸기 때문이다. 언젠가 프랑스로 출장을 떠났을 때 에펠탑 앞에서 마주친 칠레 여행자에게 "축복의 땅에 살면서 파리에는 왜 왔냐?"고 물었을 정도였다. 남미라는 단어만 들어도 삼바의 경쾌한 리듬과 부드러운 댄스가 떠오르며 나도 모르게 가슴이 설레었다. 환상적인 브라질 축구도 실컷 볼 작정이었다. 하지만 아내가 도서관에서 대출해 온 남미에 관한 책을 펼쳐놓고 막상 여정을 짜려니 마음이 혼란스러웠다. 여행을 떠나기 전에 누구나 느끼는 설렘보다 가장으로서 올바른 선택을 했는지에 대한 불안한 마음을 좀처럼 떨쳐버릴 수 없었다.

회사를 그만두었는데도 새벽이면 눈이 저절로 떠졌다. 출근할 때
는 조금이라도 더 자는 것이 소원이었지만, 이젠 아침마다 본능적
으로 일어나 '아!' 하는 탄성을 절로 내뱉었다. 회사에 가지 않아도
된다는 사실이 마냥 즐겁다가도 왠지 모를 불안감이 엄습해 왔다.
여행을 다녀온 다음에 가장으로서 가족의 생계를 책임져야 한다는
압박감 때문이다. 직장생활을 시작한 이래 처음으로 집에 있으면서
이전에 몰랐던 것들도 하나씩 보이기 시작했다.

가장 먼저 눈에 들어온 것이 주부로 변해버린 아내의 모습이
었다. 회사를 다니다가 그만둔 아내는 나의 직장생활을 잘 이해해
줬지만, 집에서 살림만 하는 주부로서의 아내를 나는 조금도 이해
하지 못한 것이다. 아니 알려고 하지도 않았다. 전업주부로 변신한
아내가 남편에게 밥해주고 내조하는 것이 너무나 당연하다고 생
각했다. 심지어 회사에서 스트레스라도 받는 날이면 집에 있는 아
내가 마냥 부럽기까지 했으니 참으로 무심한 남편이었다. 아내를
처음 만났을 때만 해도 어떻게든 그녀의 환심을 사보려고 죽도록
쫓아다니던 연애시절의 추억이 생각났다. 그녀를 만난 곳은 첫 직
장에서였다.

직장생활이 뭔지 조금씩 알아갈 무렵, 본부장이 급히 나를 찾
았다. 확인해 보니 SBS에서 신입사원 연수 현장을 촬영하러 오는

데 '선배사원과의 대화' 시간에 마케팅본부를 대표해 다녀오라는 것이었다. 신입사원들이 궁금해하는 것을 순발력 있게 대답해 우수한 인재들이 마케팅부서로 많이 지원하도록 유도하라는 특명이었다.

아침 일찍 촬영장에 도착한 나는 긴장하지 않을 수 없었다. 엄청난 방송 장비와 화려한 조명에 압도된 것이다. PD로부터 주의사항을 전달 받고 촬영이 시작되자 신입사원들의 질문이 거침없이 날아오기 시작했다. 대부분이 회사의 연봉이나 복지, 야근 등과 같이 일반적인 내용이 많아서 긴장감이 떨어질 무렵에 리포터가 경직된 분위기를 돌파할 목적으로 '흥미 있는 질문'을 해줄 것을 요구했다. 기다렸다는 듯이 어느 신입사원이 당돌한 질문을 해왔다.

"여기는 CC(Company Couple)가 많다고 들었는데 사실입니까? 그리고 선배님은 지금 혼자이십니까?"

뜻밖의 질문에 당황하지 않을 수 없었다. 센스 있는 답변이 요구되는 상황이었다.

"제가 지금까지 혼자인 이유는 호랑이는 배가 고파도 토끼는 쳐다보지 않기 때문입니다. 그렇지만 질문하신 분 정도라면 생각해 보겠습니다."

나의 응수를 듣고 리포터가 곧바로 "그렇다면 두 분이 잘 되길 바란다"며 둘을 위해 박수를 제안했고, 좌중이 웃음바다가 되었다.

운명이었을까? 신입사원 교육이 끝나고 질문했던 여직원이 마케팅부서로 배치되었다. 촬영할 당시의 현란한 조명 탓에 단체복을 입고 있던 얼굴이 잘 기억나지 않았지만, 단번에 그녀라는 사실을 알아차렸다. 그때부터 나는 짝사랑이라는 열병을 앓기 시작했고, 주위 동료들의 도움과 각고의 노력으로 마침내 그녀의 마음을 얻고 결혼해 지금까지 함께 살아오고 있다.

같은 직장에서 만나 결혼한 우리는 서로를 충분히 이해했다. 결혼 전에 회사에서 동료들로부터 얼마나 많은 상대방의 이야기를 직·간접적으로 들었겠는가?

아내는 마음이 따뜻한 사람이다. 길을 가다가 구걸하는 애처로운 사람을 보면 지갑을 열 줄 알았고, 조금만 슬픈 영화를 보면 눈물을 흘리는 여자다. 그러면서도 현명했다. 고향 시골집에 내려갈 때마다 부모님께 선물로 담아갔던 빈 스티로폼 박스를 아내는 비좁은 승용차의 트렁크에 실으려고 애쓴다. 여기서 태우면 그만이라는 내 만류를 한사코 듣지 않는 아내는 집으로 돌아가 아파트 분리수거장으로 향한다. 환경오염을 조금이라도 예방해서 우리 아이들에게 좋은 환경을 물려줘야 한다는 것이다.

그런 아내를 가까이에서 지켜보니 고단해 보였다. 아침을 먹고 아이를 유치원에 보낸 아내는 분주하게 빨래와 청소를 시작했다. 내가 여행 책자를 보는 사이에 금방 점심 때가 되었다. 점심을 먹

아그라 제항기르 팰리스
이슬람 왕조인 무굴제국의 제3대 황제 악바르가 아들을 위해 건축했다. 기원전 세계 4대 문명인 인더스 문명이 번성한 이후로 인도에는 불교 왕조, 힌두 왕조, 이슬람 왕조가 흥망성쇄를 거듭해 왔다. 영국이 침입하기 전까지만 해도 무굴제국은 세계에서 가장 부유한 나라였다.

고 아내가 끓여준 커피를 마시면서 인터넷에서 여행 정보를 뒤지다 보면 아내는 유치원에서 아이를 데려왔다. 녀석과 놀다 보면 금방 회사 업무가 끝나는 시간이 되었다. 회사를 그만두고 집에 있으면서 비로소 아내의 고단한 하루를 이해하게 된 것이다. 새벽부터 일어나 식사를 준비하고 남편과 아이를 일터와 유치원에 보낸 다음 혼자서 점심을 해결했을 것을 생각하니 안쓰러운 마음이 들었다. 인간이란 자신의 눈으로 직접 보면서 가슴으로 깨닫지 않으면 느낄 수 없도록 창조된 존재일지도 모른다.

그러고 보니 고향에 있는 우리 어머니도 그랬다. 일손이 바쁜 농번기 철에 저녁 늦게까지 농사일을 마치고 집으로 돌아오면, 발을 씻으면서 그나마 넉넉해 보이는 아버지와 달리 어머니는 부랴부랴 부엌으로 달려가 가족을 위해 저녁을 준비했다. 모내기를 하는 날에도 아버지는 논에서 인부들과 함께 모를 심으면 됐지만, 어머니는 온갖 음식을 새벽부터 장만해 광주리를 머리에 이고 한 손으로는 국그릇을 든 채로 논두렁 길을 아슬아슬하게 가던 모습이 지금도 눈에 선하다. 어렵게 논에 도착하면 밥이 늦었다며 어머니를 나무라시던 아버지는 어머니 노고를 모르는 것처럼 보였다. 이전에는 미처 몰랐던 사실이다. 어느새 나도 그런 아버지의 모습이 되어버린 것일까? 가족을 위해 밥벌이하는 거라고 생색을 내면서도 정작 아내의 처지는 조금도 모르고 있었다니. 그때부터 나는 아내의 의견을 존중해 주기로 마음먹었다.

아내가 여행의 목적지를 다른 곳으로 바꾸자는 의견을 조심스럽게 꺼낸 것이 바로 그 즈음이었다. 다름 아닌 신과 철학의 나라 인도다. 예상치 못했던 아내의 제안이 뜻밖이라 잠시 망설였지만 곧바로 그녀의 의견을 따르기로 했다. 아내의 제안으로 여행의 궤도가 남미에서 갑자기 인도로 수정되었다. 그녀는 왜, 인도로 떠나고 싶은 것일까? 모든 일에는 원인과 결과가 있기 마련이다. 어쩌면 인도에 더 가고 싶어 했던 건 나였는지도 모른다.

1995년 6월 30일은 내겐 잊히지 않는 날이다. 난생 처음으로 배낭여행을 떠나던 날이기 때문이다. 나는 인도를 목적지로 김포국제공항에서 비행기를 기다리고 있었다. 처음 타는 비행기, 미지의 세계에 대한 두려움과 기대로 한껏 들뜬 상태였다. 대학생 배낭여행이 국내에서 붐이 일어날 무렵으로 대부분이 선호하는 유럽이나 미국, 호주가 아닌 인도를 여행지로 선택한 이유는 문화적으로 독특한 나라인데다가 내가 철학과 종교에도 관심이 많았기 때문이다. 넉넉지 않은 형편이라 여행 경비가 저렴한 곳을 고른 이유도 있었다.

갑자기 공항 대형TV 앞으로 사람들이 하나 둘씩 모여들더니 표정이 굳어지기 시작했다. 삼풍백화점이 무너졌다는 기자의 격양된 목소리가 얼핏 들렸다. 설마 하는 마음으로 확인해 보니 처참할 정도로 심각한 대형사고가 터졌다. 사람들은 참사 현장을 모두 걱정스러운 눈초리로 지켜볼 수밖에 없었다. 성수대교 붕괴에 이어 터진 삼풍백화점 붕괴는 전세계 언론들로부터 또 한 번의 스포트라이트를 받고 말았다.

방콕에서 비행기를 갈아타고 다음날 새벽에 인도에 도착해 공항을 빠져나갈 때였다. 뉴델리에서 살고 있으며 광주가 고향이라는 50대 외교관 부인이 내게 말했다.

"학생, 도대체 뭘 보겠다고 여기에 왔어? 유럽이나 다른 나라에 가지 않고. 어휴, 내가 다 걱정이네."

아주머니는 인도에는 사기꾼과 거지가 많고 예상치 못한 일이 너무 많아 위험한 곳이라며 혹시라도 문제가 있으면 연락하라고 전화번호를 적어주고 떠났다. 그렇지 않아도 매캐한 냄새와 숨이 꽉 막힐 정도로 찌는 듯한 무더위 때문에 긴장했던 나는 더욱 불안해졌다. 델리를 경유해 프랑스로 향하는 비행기에 남아 있던 한국의 다른 학생들이 부럽게 느껴졌다. 후회하는 마음으로 대면한 인도와의 첫 느낌은 그야말로 충격적이었다. 그렇게 혼자서 한 달을 여행하면서 고생했던 추억을 아내에게 가끔 들려줬다. 그것이 계기가 되어 아내의 마음에도 인도에 대한 동경이 싹튼 것이다.

아이를 유치원에 보낸 뒤 아내는 정보를 본격적으로 찾아나서자며 내게 반명함판 사진을 준비시켰다. 그녀를 따라 도착한 곳은 구청에서 운영하는 도서관이었다. 집에서 이렇게 가까운 곳에 도서관이 있다는 사실이 놀라웠다. 평일인데도 생각과 달리 사람들이 꽤 많았다. 지나가면서 곁눈질로 그들이 공부하는 책을 살펴보니 재수생도 보이고 취업을 준비하는 사람도 있다. 가끔 50세 전후의 중년 가장으로 보이는 사람도 눈에 띈다.

아내는 익숙한 동선을 따라 여행책자가 진열된 곳으로 나를 안

인도의 요리
우리나라 사람들이 좋아하는 인도의 전통음식 '도사'. 여행 현지에서 무엇보다 중요한 것은 입맛에 맞는 즐거운 식사일 것이다.

내했다. 국내 여행서부터 해외 여행서까지 많은 책들이 가지런하게 진열되어 있었다. 대부분이 여행 목적지에 대한 정보를 알려주는 책과 여행을 다녀온 뒤에 감상을 묶어 놓은 책이다. 몇 권을 뒤지다 괜찮은 문장이 눈에 띄었다. '백견이 불여일독百見不如一讀', 여행을 떠날 때는 100번 보는 것보다 오히려 1번 읽는 게 낫다는 뜻이다. 여행 목적지에 대해 공부를 많이 한 다음에 떠나라는 내용으로 '아는 만큼 볼 수 있다'는 주장이었다. 정보를 습득한 이후에 보는 것과 모르는 상태에서 단순히 눈으로만 봤을 때의 차이점을 일목요연하게 설명한 글이었는데, 특히 의사소통이 어렵고 문화적으로 차이가 큰 외국으로 여행을 떠나려면 공부는 더욱 필요하다는 이야기였다.

그래서 그랬을까. 인도에 관한 여행 책은 정말 많았다. 전문적으로 글을 쓰는 여행작가를 비롯해 대학교수나 종교인은 물론 일반인에서 대학생에 이르기까지 글쓴이의 직업과 주제도 다양했다. 인도에 다녀온 사람들은 왜 그토록 인도를 말하고 싶어 하는 것일까? 그때 한 사람이 3권까지 대출할 수 있다고 속삭이는 아내의 말을 들으면서, 도서관에서 아내와 로맨스 영화라도 촬영하는 듯한 묘한 기분이 들었다.

내가 주로 여정을 정할 수 있는 여행 정보서를 골랐다면 아내는 인도에 대한 철학과 종교를 다룬 두꺼운 책을 골랐다. 반명함판 사진을 제출하고 대출증을 만든 다음 6권의 책을 대출해 넉넉한 마음으로 도서관을 나왔다. 집으로 돌아오는 길에 제과점에 들러 빵과 커피를 주문했다. 테이블에 놓인 인도에 관한 6권의 책을 본다면 누가 봐도 우리가 곧 인도로 여행을 떠나려는 사람으로 보였을 것이다.

"여보, 도서관에는 자주 다녀?"

"회사를 그만두고 집에 있으면서 찾아낸 나만의 놀이터. 사실 인도라는 나라가 궁금하기도 하지만 조금은 두렵기도 해요."

"굉장히 복잡한 나라지. 재미있는 사실은 인도를 여행한 사람은 극단적으로 두 부류로 나뉜다는 거. 너무 더럽고 지저분해서 생각조차 하기 싫다고 부정하는 사람들은 누가 인도에 가겠다고 하면 도시락 싸가지고 다니면서 말리겠다고 할 거야. 반대로 인도는 너무나 멋진 나라다. 반드시 다시 가겠노라며 인도에 있을 때의 추억을 그리워하는 긍정적인 부류. 실제 인도에 다녀온 사람만이 양쪽 말이 모두 옳다는 사실을 공감할 수 있을 거야."

"당신도 다시 가고 싶었죠?"

"응. 정말로 다시 가고 싶었어. 사실, 남미에서 당신이 인도로 바꾸자고 했을 때 속으로는 내가 더 기뻤으니까. 많이 힘들어도 평생 잊지 못할 멋진 여행이 될 거야."

우리는 인터넷으로도 인도에 관한 정보를 파헤쳐 나갔다. 놀라운 것은 인도에서 여행을 하고 있는 사람들이 실시간으로 카페나 블로그에 현지 여행 소식을 올린다는 것이었다. 인도에 인터넷이라니. 이전의 인도를 생각하면 말도 안 되는 일이라고 생각되다가도 인도이기 때문에 가능하겠다는 생각도 들었다. 인공위성을 만들어 소가 끄는 달구지에 싣고 발사대로 옮기는 곳이 인도라는 나라가 아니던가.

정보를 검색하던 아내가 갑자기 침울한 목소리로 폭염이 문제되지 않겠냐며 걱정스러운 표정을 지었다. 날씨는 사람의 감정이나 기분에 큰 영향을 미친다. 우리를 맞게 될 인도는 날씨가 40도를

일하는 황소 vs 노는 암소
사람들은 인도 하면 가장 먼저 '소'를 떠올린다. 모든 소가 숭배의 대상인 것으로 오해하고 있지만, 흰색 암소만 그렇다. 광활한 들판에서 소를 이용해 농사를 짓고, 우기 때 소똥을 연료로 사용하고, 소젖을 버터로 만들던 관습이 있었기 때문이 아닐까. 여기에 힌두교라는 지배철학이 결합되면서 하나의 문화로 정착되었다는 것이 정설이다.

오르내리는 혹서기 시즌인 것이다. 남미에서 인도로 여행지를 변경하면서 조금은 각오했지만 인도에 가보지 않은 아내에게 폭염은 무척 두려운 대상일 것이다.

"인도가 무덥긴 하지만, 습도가 높지 않아서 견딜 만할 거야."

"우리야 괜찮지만 애가 걱정인데요."

"당신만 괜찮으면 돼. 애들은 더위에 강하니까 문제없어."

한참 뒤 이것저것을 확인하던 아내는 그렇다고 모두가 나쁜 것은 아니라며 표정이 밝아졌다. 오히려 인도 여행의 참맛은 인파로 넘쳐나는 성수기보다 혹서기가 좋다는 것이다. 주머니 사정이 넉넉지 못한 장기 여행자들에게는 호텔이나 버스, 기차를 이용할 때도 나은 데다가 열대과일을 값싼 가격으로 마음껏 사먹을 수 있기 때문이다.

"정말 거지들이 그렇게 많아요?"

"응, 아이부터 어른까지 연령대도 다양하고 시도 때도 없이 나타나지. 그렇다고 겁낼 필요까지는 없어. 현지인처럼 상황에 맞게 행동하면 되니까."

"송주에게 교육적으로 괜찮을까요?"

"엄마 아빠의 소중함을 알게 되겠지. 자기보다 어린 불쌍한 아이들을 수없이 볼 테니까."

아내는 마치 내가 인도에 관한 모든 걸 알고 있는 사람처럼 이것저것 캐물었다. 정말로 어떻게 변했을까? 이전에 갔을 때는 차마 눈뜨고 볼 수 없을 만큼 참혹한 광경이 많았다. 더럽고 지저분하기는 아마도 지구상에서 최고일 것이다. 외국인에게는 왜 그리도 호기심이 많은지 낯이 따가울 정도로 계속 쳐다봤다. 때론 그것이 부담스러워 인도가 싫어질 때도 있었다. 도심의 거리에는 많은 동물들이 자유롭게 거닐고 수천 마리의 새떼가 창공을 가른다. 인도에서 새벽을 깨우는 것은 새소리였다. 시끄러워서 잠을 이룰 수 없을 정도다. 인류문명의 발상지답게 수천 년의 풍파를 견뎌온 세계문화유산이 지천에 널려 있다. 인도 정부에서 공식적으로 자기 나라의 슬로건으로 내세우고 있는 '믿을 수 없는 인도Incredible India'라는 말은 매우 적절한 표현이다. 알면 알수록 깊게 빠져드는 묘한 매력이 있는 나라로 가족을 데리고 다시 간다는 사실이 왠지 믿기지 않았다.

아내도 인터넷으로 항공권을 예약하면서 여행을 떠난다는 사실이 믿기지 않는다며 좋아했다. 아내인들 걱정이 없지 않았겠지만 이왕에 떠나기로 작정한 마당에 남편의 마음을 조금이라도 편하게 해주려는 의도였을 것이다. "여행을 다녀온 뒤에 생계는 어쩌지" 하고 걱정하면, "설마 산 입에 거미줄 치겠냐"며 웃어넘기는 여유도 부렸다. 배낭을 사러 백화점에 가자는 내 제안을 거부하고 아내는 남대문시장으로 가자고 고집했다. 직업으로 마케팅을 그렇게 오랫동안 해왔으면서도 브랜드에 속고 산다며 실속 있는 쇼핑을 제안한 것이다.

여행을 준비하는 아내가 정말로 행복해 보였다. 적어도 서너 개 정도의 현지어는 익히고 가야 한다며 가이드북에 나오는 힌디어를 암기하고 있다. 낯선 외국인이 한국말로 인사를 해올 때 느껴지는 감동을 상상해 보라며 내게도 현지어를 익힐 것을 권유했다. 콧노래를 부르면서 힌디어를 공부하는 아내가 고맙다. 여행을 떠나자는 남편의 선택을 지지하면서 믿고 따라와 주는 친구 같은 아내다. 그녀가 반대했다면 실행으로 옮기지 못했을 꿈이다. 평생을 함께 살아가는 동반자인 아내에게 다시 고마운 마음이 들었다.

여행 물품을 사려고 남대문시장에 도착했다. 간혹 일본말로 우리를 유혹하는 상인도 있었다. 외국인 관광객이 곳곳에서 눈에 띄었다. 그들에게 비춰지는 한국 재래시장의 모습은 어떤 것일지 궁금해졌다. 우리가 외국 여행을 앞두고 있어서 그럴 것이다. 길이 마치 미로 같이 얽혀 있어서 지나온 길을 기억하지 않으면 길을 잃어버릴 것 같다. 남대문시장을 자주 이용하는 아내는 익숙하게 나를 가방 가게로 안내했다.

디자인이 깔끔하고 적당한 크기의 배낭을 골라 아내의 어깨에 메어주자 비로소 여행이 실감나기 시작했다. 가게 주인이 넉넉하게 인심을 쓴다며 부른 가격도 만족스럽다. 배낭을 마련한 다음 아내는 여행에 필요한 품목을 적은 수첩을 꺼내어 하나씩 장만해 갔다. 손전등과 옷가지 몇 벌, 모자, 신발을 사면서 흥정하는 맛도 백화점에서는 느낄 수 없는 재미다. 시장으로 오기 잘했다는 생각이 들었다. 활력이 넘치는 시장 사람들을 보면서 인도의 모습과 잠시 중첩되었다. 나라 전체가 온전히 시장처럼 느껴지는 곳이 인도이기 때문이다. 백화점의 절반에도 미치지 않는 가격으로 쇼핑을 마치고 집으로 돌아오면서 아내에게 물었다.

"여보, 여행 기간은 3개월이면 충분하겠지?"

"그럼요. 1년 중 4분의 1이라는 시간인데 짧은 기간은 아니죠. 그리고 항공권을 오픈시켜 놨으니 너무 길게 느껴지면 중간에 일찍 들어와도 되고 늘려 잡아도 돼요."

"전체 예산은 얼마나 들까? 계산해 본다며?"

아내는 여행경비를 예상한 수첩을 내게 건네며 차분하게 설명해 나갔다.

"1천만 원 안쪽일 거예요. 그중에서 비행기 값이 300만 원으로 예상되고, 나머지는 현지에서 어떻게 사용하느냐에 따라 달라지겠죠."

"그럼, 우리 가족의 하루 예산은 어느 정도면 될까?"

"인도 물가가 워낙 저렴하니까 5만 원이면 충분할 것 같아요."

"보자. 3개월이면 450만 원이고 비행기 포함해서 700만 원인데 조금 더 써라."

"안 돼요. 다달이 들어가는 적금과 보험료 고려하면 지금부터는 긴축재정에 돌입해야 돼요. 일단 그 정도로 하고 혹시 모르니까 신용카드랑 현금카드 챙겨가요."

아내는 생각했던 것보다 치밀하게 여행을 준비하고 있었다. 무려 750일 동안 세계 40여 나라를 여행한 무서운 부부가 우리나라에 있다는데, 이들이 밝힌 여행 경비는 5천만 원으로 하루에 6만 7천 원이었다. 우리에게는 아이가 딸려 있지만 인도의 저렴한 물가

를 고려할 때 하루에 5만 원이면 충분하다는 것이 아내의 설명이
었다. 그때까지 나는 가족과 여행을 하려면 일단 많은 돈이 필요할
것이라며 오인하고 있었던 것 같다.

살면서 철학이
부족했다 _ 용기

여행을 떠나기 전날 아내와 설레는 마음으로 배낭을 꾸리면서 학창시절에 짐을 싸던 모습이 떠올랐다. 처음 타보는 비행기와 외국! 두근거리는 마음으로 침낭부터 탁상시계, 5cm가 넘는 두꺼운 영어사전까지. 언어에 대한 두려움과 혼자 가는 두려움도 배낭에 가득 채운 물건들이 보상해 줄 것만 같았다. 모르긴 해도 배낭의 무게가 20kg에 근접했을 것이다. 더군다나 기념품이라며 중간에 선물을 하나 둘씩 사다 보니 저녁이면 곯아떨어져 잠자기에 바빴다. 커다란 배낭을 짊어질 때마다 인도로 등산을 왔는지 여행을 왔는지 모를 지경이었다. 인도에서는 배낭의 무게가 곧 자신이 쌓은 업보라는 말이 있는데도 말이다.

필요하지 않은 물건을 줄여야 된다. 집착을 버려야 가능하다는

인도 무수리에서 만난 짐꾼
인도 여행은 많은 걸 생각하게 한다. 매일같이 마주치는 다양한 육체노동자를 보면서 직업
에 대한 생각을 떨쳐버릴 수 없다. 노동으로 하루하루를 연명하는 이들을 보노라면 연민의
정이 느껴지면서 자신의 직업에 감사하게 된다. 이들은 하루치 수입인 5달러 미만으로 가
족에 대한 생계까지 책임져야 된다고 생각하면 마음이 아프다.

일념으로 전자저울을 옆에 두고 배낭을 꾸렸다. 여행에 꼭 필요한
것을 엄선하려는 것이다. 이리저리 넣었다가 끄집어내기를 반복하
면서도 가져가지 못하는 물건에 대한 유혹은 끝내 떨쳐버리기 힘
들었다. 배낭의 무게를 재보니 내 것이 8kg, 아내가 6kg, 송주가

0.5kg로 더 이상 뺄 것이 없는 최소한의 짐이다.

짐을 꾸린 뒤 마지막으로 인터넷을 확인해 보니 절친한 후배로부터 이메일이 와 있다. 새로 부임한 무능력한 부사장 때문에 다른 직장을 알아봐 달라는 내용이다. 그의 이메일에는 직장에서의 정치와 이해관계로 얽힌 부서간의 갈등 그리고 이직에 대한 고민까지 샐러리맨의 비애가 고스란히 녹아 있었다. 내가 해줄 수 있는 거라고는 작은 조언밖에 없었다. 직장을 이직할 때는 가장 경계해야 할 것이 '조급증'이며 서두르지 말 것을 당부하는 답장을 보냈다.

메일을 보내고 나니 감회가 새롭다. 대학을 졸업하고 취업한 이후에 쉼 없이 달려왔던 직장생활이 주마등처럼 스쳐갔다. 과연 직장인에게 최고의 행운은 무엇일까? 스스로에게 던진 질문이다. 입사할 때는 몰랐지만 지금은 그것이 무엇인지 알 것 같았다.

후배의 이메일

잘 지내시죠? 요즘은 도통 연락을 못하고 지냈습니다.

저도 회사를 떠날 때가 된 듯합니다. 최근 6개월간 열심히 지켜봤는데, 마케터들 대거 뽑아서 중용했던 부사장님이 계열사로 발령난 지 8개월 정도 지난 상태입니다. 새로 부임한 부사장은 우리 회사가 B2B로 먹고 살았지 마케터가 왜 필요하냐고 생각하는 분이라 마케팅본부를 해체해 버린 상황입니다.

이 상태가 2~3년은 지속될 듯하고. 침몰하는 거대한 공룡처럼 조직의 시야가 무조건 윗사람 맞추기입니다. 소비자 조사는 작년부터 정지되었고, 오직 상사가 어떻게 생각하는지 온 신경을 곤두세우고 있는 실정입니다. 마케터들이 하나 둘씩 떠나고 지금은 제가 속한 조직에 마케터라곤 저 하나 남았습니다. 보통 4~6명 정도가 한 파트에 근무하는데, 지금 저 혼자 하고 있는 실정입니다. 마지막 마케터 후배를 오늘 환송회 해줍니다.

인원 충원 요청했더니, 업무 로드 정리해서 가져오랍니다. 헉, 매일 8시부터 7시까지 밟는데. 7시에 퇴근하려고 가끔은 새벽 6시에도 출근하는데 말이죠. 자기들은 심야까지 일하는데 너는 7시에 퇴근하면서 뭐가 필요하냐는 분위기입니다. 낮에 빈둥거리다 밤에 일하는 척 상사들 비유나 맞추는 놈들이…… 암튼, 형님. 마케팅을 제대로 할 수 있는 곳으로 이동하고 싶네요^^ 좋은 데 있으면 추천 부탁 드립니다. 주저리주저리 얘기를 많이 해서 쑥스럽네요. 어느새 저도 마케터로 일해온 지 10년이 넘었습니다. 이거 참, 조언 좀 부탁 드립니다. 이력서 정비는 끝냈습니다. 감사합니다.

기훈 올림

졸업을 앞두고 취업에 도전하면서 나는 몇 차례 고배를 마셨다. 친구가 구해준 입사원서를 보면서 곰곰이 생각해 봤다. 그때까지 해왔던 방식과는 다르게 원서를 작성하기 시작했다. 지원하는 부서가 마케팅이고 이 회사라면 튀는 사람을 원할지 모른다는 생각으로 모험을 시도한 것이다. 도서관에서 이를 지켜보던 친구들은 '너 이제 막가는구나'라는 표정이었다. 500자 이내로 작성하도록 되어 있는 자기소개서에 매직으로 물음표 하나를 크게 찍고 간단하게 적었다.

"궁금하시면 직접 만나 보십시오.
당신의 선택을 실망시켜 드리지 않을 자신 있습니다."

그때까지 자기소개서를 작성할 때 이것저것 꼼꼼하게 기록해 오던 방식과는 다른 파격이었다. 포기하면서도 한편으로는 혹시나 하는 기대감도 가지고 있었다. 서류전형에 합격했다는 연락을 받고 운명적인 끌림을 느끼며 즉시 면접 준비에 돌입했다. 예상 질문을 만들어 암기하면서 거울을 상대로 질문하고 답변하기를 수차례. 최선을 다해 준비했다. 나를 궁금해할 상사를 실망시키지 않기로 작정한 것이다.

철저히 준비한 덕분에 1차 면접과 2주일 뒤에 치러진 2차 면접도 통과해 첫 직장에 입사하게 되었다. 출근한 다음에 알게 된 사실이지만 나를 채용한 부서장은 다른 회사에서 스카우트해 온 유능한 사람으로 서류 심사부터 내게 관심이 많았다고 한다. 1차 면접에서 만점을 주면서 CEO와 본부장에게도 특별히 부탁해 자신의 팀으로 나를 배치시켰다고 한다. 직장생활에서 최고의 복은 그 무엇보다 '상사복'이라는 사실을 감안할 때 나는 복이 많은 행운아로서 사회생활을 시작한 것이다.

창의적인 일을 좋아했던 내게 마케팅이라는 직업은 적성에 잘 맞았다. 동기들이 모두 부러워하는, 리더십이 뛰어난 상사 밑에서 업무를 체계적으로 배워나갔다. 입사한 지 불과 며칠 뒤의 일이다. 부서장이 나를 부르더니 첫 업무 지시를 내렸다. 신문을 내밀며 기사에 보도된 미국 업체에 팩스를 보내어 견본을 받고 신제품 출시를 검토하라는 것이다. 직장생활 이거 장난 아니구나, 잔뜩 긴장하지 않을 수 없었다. 철저히 실무를 중시하는 빈틈없는 상사를 제대로 만난 것이다. 그는 담당자에게 모든 책임과 권한을 이양하면서도 자신의 노하우를 아낌없이 전수해 주었다. 해외출장에서 명함을 교환하는 사소한 방법부터 격식 있는 비즈니스 매너에 이르기까지 꼼꼼하게 업무를 챙겨주었다.

회사에서 마케팅을 총괄하던 본부장도 아주 특별한 사람이었다. 그는 구성원들에게 마케터로서의 자부심과 긍지를 심어주었다. 다른 부서와 달리 마케팅은 회사에서 수익을 직접적으로 창출하는 핵심부서라며 사장을 설득해 '특별수당'을 개설했을 뿐만 아니라 역량 있는 직장인이 되려면 이론으로 무장해야 된다며 교육에도 심혈을 기울였다. 회사로 교수를 초청해 마케팅 스쿨을 개최하면서 수백만 원이 소요되는 교육에도 투자를 아끼지 않았다. 본인 스스로도 박사학위를 준비하며 모범을 보였다. 업무가 바쁘던 당시에는 그것이 내게 얼마나 큰 혜택인지 몰랐지만 지금은 안다. 신입사원 시절에 학습한 배움이 지금까지도 나를 따라다니면서 밑천이 되고 있음을. 첫 직장에서 만난 직속 상사야말로 인생의 향방을 결정할 만큼 중요한 요소가 분명하다.

선배들로부터 업무 배우기 바빴던 신입사원 시절에 양평에 있는 콘도로 워크샵을 갔다. 난생 처음 참석해 본 워크샵에서 놀랍게도 주제 발표는 신입사원들의 몫이었다. 본부장은, 신입사원은 후레쉬Fresh하고 튀어야 한다며 우리를 압박했다. 6개 팀이 아이디어를 발표하는 자리에서 1등을 선정했기 때문에 치열한 자존심 대결이 펼쳐졌고 열기도 뜨거웠다. 학교 다닐 때야 발표해 본 경험이 있지만 이곳은 회사다. 무엇을 어떻게 준비할지 고민하던 나는 마지막에 시詩를 하나 적어 선배들에게 읽어주기로 했다. 감성이 통할 것 같다는 막연한 느낌이었다. 사무실에서 보면 선배들의 책상에 자기계발에 관한 책은 많았지만 시집은 눈에 띄지 않았다. 주제 발표를 마치고 마지막으로 시를 띄웠다. 분위기를 잡고 시를 읽어 나가자 선배들은 모두 뒤로 넘어갔다. 덕분에 우리 팀이 1등을 차 지하는 기염을 토했다. 한국인이라면 누구나 좋아하는 '귀천'이라 는 시였다.

귀천 歸天

천상병

나 하늘로 돌아가리라
새벽빛 와 닿으면 스러지는
이슬 더불어 손에 손을 잡고
나 하늘로 돌아가리라
노을빛 함께 단 둘이서
기슭에서 놀다가 구름 손짓하면은
나 하늘로 돌아가리라
아름다운 이 세상 소풍 끝내는 날
가서 아름다웠다고 말하리라

워크샵을 마치고 회사로 돌아온 나는 한동안 귀천으로 통했다. 그러다 보니 그 시가 더욱 좋아져 책상 앞에 붙여 두고 초심初心을 잃지 않기로 다짐했다.

그때부터 나는 대한민국 직장인이 되어 앞만 보고 달렸다. 만나는 사람들이 많아지면서 새로운 명함집이 필요할 즈음, 갑자기 IMF 경제위기 사태가 터졌다. 대부분의 기업들이 생존을 명분으로 몸을 바짝 움츠렸다. 내가 몸담았던 회사도 경제위기에 대응한다며 신제품 개발을 중단했다. 기존 제품의 원가를 절감하는 것이 더 시급하다는 이유에서였다.

신제품 개발에 투입된 노력과 시간이 억울했지만 선배들과 비교하면 아무것도 아니었다. 생존 자체를 걱정해야 하는 야릇한 분위기가 조성된 것이다. 한보그룹을 시작으로 대우와 같은 굴지의 기업들이 무너지는 상황을 지켜보면서 조용히 숨을 죽여야 했다. 반면에 회식 자리는 한층 떠들썩해졌다. 술자리가 무르익을 무렵이면 선배들은 열변을 토했다. "경제위기 원인이 국민이 샴페인을 일찍 터뜨려서 그런 거라고? 우리가 회식 때 소주는 마셨어도 언제 샴페인을 터뜨렸냐?"

IMF 경제위기만 벗어나면 숨통이 트일 것 같았지만 이후에도 상황은 달라지지 않았다. 경제위기 때는 위기라며 허리띠를 졸라매더니 글로벌 경쟁이 화두가 되면서 회사는 더욱 급박해졌다. 경제위기가 휩쓸고 지나간 자리에는 신조어들이 나돌았다. 38세가 직장에서 1차 관문이라는 '삼팔선'을 시작으로 45세가 정년이라는

'사오정', 56세까지 직장에 있으면 도둑이라는 '오륙도' 같은 말이 나왔다. 처음에는 낯설게만 느껴졌던 '구조조정'이란 말도 점차 익숙하게 들렸다. 직장에서 정치, 인사고과, 인간관계와 같은 말이 익숙해질 무렵 나는 결혼하면서 가정을 꾸렸다.

맞벌이 부부로 생활하던 우리에게 아이가 태어나자 걱정이 태산이었다. 아내가 받은 3개월간의 출산휴가 기한이 임박해 올수록 막막해졌다. 아내와 나는 애를 태우면서 여러 가지 방법을 모색해 봤지만 1년 미만의 신생아를 돌봐줄 곳은 없었다. 있다 해도 제한된 인원이 모두 찼다거나 집과 거리가 멀어서 현실적으로 불가능했다. 남들처럼 부모에게 의지하는 방법은 고려 대상이 아니었다. 고향에서 농사를 짓는 연로한 부모님이나 건강이 여의치 못한 장모님에게 짐을 지울 수는 없었다. 유일한 방법은 같은 아파트 단지에서 보모를 구하는 일이었다.

아파트에 공고문을 붙이며 수소문해 봤지만 방금 태어난 아이라는 말을 들으면 어렵겠다는 반응을 보였다. 사람을 구하지 못해 아내가 회사를 그만두어야 하는 상황에서 지방에 사는 큰누나가 적적하던 차에 잘됐다며 흑기사를 자청하고 나섰다. 남을 고용하는 것보다 가족에게 맡기는 것이 얼마나 다행인지 몰랐다. 반면 아픔도 컸다. 지방에 아이를 맡기러 내려갔던 아내가 돌아서며 눈물을

배낭 꾸리기
배낭여행에서 스마트한 배낭 꾸리기는 기본 중의 기본. '더하기'보다는 '빼기'가 어렵고도
중요한 것임을 깨닫게 된다. 배낭의 무게가 여정의 행복을 결정하기 때문이다.

흘리는 바람에 이렇게까지 맞벌이를 해야 하는 현실이 안타까워
무척 마음이 아팠다.

그때부터 우리 부부는 주말마다 500km를 왕복해야만 했다. 아
이가 얼마나 컸을지 설레는 마음으로 내려갔다가 다시 헤어질 때
면 못내 아쉬워 머뭇거리던 아내에게 죄를 짓는 심정이었다. 사회
적으로 여건도 갖춰놓지 못한 채 무작정 아이만 낳으라는 정부를
원망하면서 답답해했다. 겉으로는 회사를 그만두라고 큰소리치면
서도 내심으로는 아내가 회사에 다녀주기를 바랐다. 넉넉지 못한

형편 때문이다. 누구보다 상황을 잘 알고 있던 아내는 자기가 좋아
서 다니는 회사라며 나를 안심시켰다.

맞벌이로 치열하게 생활하던 우리 부부는 2005년 추석을 앞두
고 특별한 여행을 계획했다. 추석연휴 4일과 아껴둔 여름휴가 1주
일을 합해 베트남으로 9박10일간의 배낭여행을 떠나기로 작정한
것이다. 주말마다 지방을 왕래하면서 쌓인 피로를 풀고 여행의 기
쁨을 만끽하기 위해서다. 추석에 공교롭게도 부부가 해외출장을 동
시에 가야만 한다는, 속이 훤히 들여다보이는 거짓말을 가족들은
모두 믿어주었다.

아내는 여행을 떠나기 전부터 가이드북을 사서 이것저것 준비해
갔다. 결혼한 이후에 아내가 그처럼 행복해 보인 적이 없어서 미안
한 마음이 들었다. 결혼 전에 그녀에게 남발했던 약속에 양심의 가
책을 느꼈다. 화장실 갈 때와 나올 때 마음이 그렇게 달라지다니.

그렇게 시작된 여행은 우리에게 많은 걸 일깨워줬다. 일상을 떠
나 낯선 곳에서 우리를 뒤돌아보니 참으로 열심히 살고 있는 젊은
부부의 모습이 보였다. 가이드 없이 마음 내키는 대로 다니면서 특
별한 감정이 일었다. 장소에 구애 받지 않고 우리가 원하는 곳으로
자유롭게 다니면서 각양각색의 여행자들을 많이 만났다. 세계 각지
에서 온 배낭여행자들과 마주칠 때면 학생 시절에 다녀왔던 여행
의 향수가 사무치게 그리워졌다.

인크레더블 인디아!

델리의 우편물 취급소에서 인도 관광청에서 슬로건으로 사용하는 문구, '인크레더블 인디아Incredible India'를 보았다. '인크레더블'은 굉장한, 믿을 수 없는, 놀라운 등의 뜻을 갖고 있는데 이것이야말로 인도를 가장 잘 표현한 것이 아닐까 생각해 본다. 인도의 지리적, 인종적, 언어적, 종교적 다양성과 복잡성은 우리의 상상을 초월한다.

더군다나 아이를 데리고 여행을 떠나온 외국인 가족을 볼 때마다 지방에서 키우고 있던 아이가 더 보고 싶어졌다. 그래서일까? 여행을 마치고 돌아오는 비행기 안에서 나는 아내에게 약속했다. 아이가 초등학교에 들어가기 전, 회사를 그만두고 반드시 가족과 배낭여행을 떠나겠다는 다짐이었다. 그때부터 내 머릿속에는 '가족과의 배낭여행'이라는 색다른 꿈이 자리하게 되었다.

일상으로 복귀한 나는 다시 일에 푹 빠졌다. 남들에게 뒤지기 싫어하는 성격이라 남들보다 앞서고 싶었다. 조직에서 관리자로서 성과를 인정받을 수 있는 방법은 의외로 간단할 수도 있다. 부하직원들이 성과를 내도록 강요하는 것이다. 주위에서 잘나가는 상사들치고 부하직원에게 사려심이 깊은 사람은 찾아보기 어려운 것처럼, 나도 직원들에 대한 배려심이 부족했다. 독재적인 카리스마로 성과를 내기에 급급했다. 물리적으로 불가능해 보이는 일을 성취해내기도 했다. 경쟁사가 신상품을 출시해 시장점유율이 급격히 하락하는 상황에서 우세한 상품으로 시장을 재탈환한 것이다. 그것은 회사가 시장을 다시 주도할 수 있는 역전의 발판이 되었다. 그에 대한 대가로 상도 받고 상사들에게도 확실하게 눈도장을 찍을 수 있었지만 출혈도 상당히 컸다.

관리자로서 많은 스트레스를 인내한 것이 문제가 되었다. 잦은 술자리를 가진 것도 문제를 키웠다. 건강검진 결과가 심각하게 나온 것이다. 위궤양은 물론 역류성 식도염과 위염이 심해서 당분간 쉬어야 한다는 의사의 충고를 들었다. 함께 진단을 받고 결과를 확인하던 아내도 걱정스러운 눈초리로 내게 쉴 것을 권유했지만 가장으로서 그게 어디 말처럼 쉬운 일인가. 괜찮다며 웃어 넘겼다. 과거에도 위장병 때문에 응급실에 실려간 전적이 있지만, 지금부터라도 주의하면 된다며 아내를 안심시켰다. 회사에는 알리지 않았다.

내심 몸 상태가 무척 신경 쓰였지만 가장으로서 홀로 짊어져야 할 짐으로 받아들였다.

그렇게 회사를 다니다 보니 열정이 사라져 갔다. 요일에 따른 감정의 기복도 커졌다. 목요일에서 금요일까지는 기분이 좋았다가 일요일 오후부터 서서히 불안해졌다. 월요일이 오는 것이 두렵고 출근할 때는 몸이 천근만근 무거웠다. 탈출구가 없어 보였다. 텅 빈 들판의 허수아비가 된 듯한 심정이었다. 그러면서도 남들보다 성공에 대한 야망이 컸던 나는 업무를 게을리 해서는 안 된다는 집념으로 신경을 많이 썼다.

다시 위가 아프기 시작했다. 회사 근처에 있는 내과를 찾았다. 정밀검사를 마치고 의사로부터 상황이 심각하다는 말을 듣자 덜컥 겁이 났다. 이러다가 정말로 문제가 생겨서 다시 입원하는 것은 아닌지 불안해졌다. 그제서야 나는 재충전의 시간이 필요함을 본능적으로 알았다. 더군다나 내 힘으로는 어쩔 수 없는 일이 터지면서 마음이 울적하던 때였다. 어려운 결심을 굳혔다. 흔들리던 마음을 접고, 독하게 한발 물러서기로 작정한 것이다. 아내와 약속했던 배낭여행을 실행으로 옮기자는 결심이었다.

가족과 여행을 떠나려고 인천국제공항에 도착하자 심정이 복잡해졌다. 나는 외국으로 출장을 가려고 온 것인가, 아니면 가족과 여름휴가를 떠나려고 온 것인가. 마음속에 작은 파장이 일었다. 가족과 배낭여행을 떠난다는 사실이 그만큼 잘 믿겨지지 않았다. 배낭을 메고 뒤따라오는 가족에게 이 도전이 어떤 결과를 가져다줄지도 불안했다. '이것이 과연 잘한 선택일까?' 이러다가 혹시 사회에서 뒤처지거나 오히려 건강이 악화되어 돌아오는 것은 아닐까? 심정이 복잡했지만 스스로에게 용기를 불어넣으며 위로했다.

내 마음을 읽었는지 아내가 손가락으로 V자를 그렸다가 두 주먹을 불끈 쥐고 내게 파이팅 신호를 보냈다. 그렇다. 성공만을 쫓아 앞만 보고 달려온 지난 시간을 성찰하고 건강도 회복하련다. 내게 주어진 운명을 스스로 변화시켜 보겠다는 다짐으로 비행기를 탔다. 하지만 가장으로서 미래에 대한 불안한 마음은 끝내 떨쳐버릴 수 없었다.

내면의 또 다른
나를 만나다 _ 명상

세계 여행자들이 가장 많이 찾는다는 인도는 여행자를 대상으로 한 절도나 사기꾼들이 많기로도 악명 높다. 가끔은 여행자가 실종되는 사건이 발생하기도 하는데, 얼마 전에도 여행자들의 발길이 끊이지 않던 오르차에서 영국인이 피살되기도 했다. 그래서인지 공항에 도착해 뉴델리 역으로 향하는 버스에서 아내가 걱정스러운 눈초리로 물었다.

"아이가 딸린 가족인데, 설마 우리한테까지 사기를 치지는 않겠죠?"

"오히려 그 점을 노릴지도 모르지."

공항을 빠져나온 버스는 극도로 혼란스러운 뉴델리 역에 우리를 남겨두고 떠났다. 버스에서 내린 아내는 마치 넋을 잃은 사람처럼 보였다. 40도가 넘는 살인적인 폭염과 넘쳐나는 사람과 짐승이 뒤엉킨 혼란스러운 풍경 때문이다. 교통신호가 의미 없는 도로에서 자동차와 트럭이 울려대는 경적 소리에 정신이 혼미할 지경이었다. 공황 상태에 빠진 아내를 달래 방향을 잡았다. 빠하르간지에서 하룻밤을 묵고 조금이라도 빨리 델리를 벗어나기로 마음먹었다. 델리는 여행이 끝날 무렵에 돌아와서 보기로 했다. 뉴델리 역의 뒤편에서 하차한 우리는 플랫폼을 가로질러 광장 앞쪽에 있는 빠하르간지로 향했다. 그곳은 인도를 여행하는 사람들이 가장 많이 모이는 베이스캠프 같은 곳이다.

가이드북에 의지해 빠하르간지를 찾아가는 우리 모습은 누가 봐도 인도에 막 도착한 초보 여행자가 분명했다. 플랫폼을 가로지르는 육교를 걸으면서 아내는 연신 놀라워하며 입을 다물지 못했다. 발 디딜 틈도 없이 넘쳐나는 인파에 놀라고 그들의 남루한 옷차림과 앙상한 모습에도 놀라는 모습이다. 안쓰러울 정도로 불쌍한 어린 아이들이 당당하게 손을 내밀며 구걸해 오는 모습에도 무척 당황해했다. 아내의 혼란스러워하는 모습을 보면서 내가 가족을 데리고 인도에 온 것이 잘못된 것은 아닌지 마음이 흔들렸다.

역을 나서자마자 호객 행위가 이어졌다. 사람의 힘으로 끄는 사이클릭샤를 시작으로 호텔 종업원과 상인, 거지들이 집요하게 따라붙었다. 기차 시간부터 알아보자는 아내의 의견에 따라 여행자 안내소가 어딘지 묻자 누군가 자기를 따라오라고 손짓을 보냈다. 그를 믿고 한참을 따라가다 우리가 도착한 곳은 여행상품을 파는 사설 여행사였고, 그는 그곳의 호객꾼이었다. 처음으로 우리를 실망시킨 인도의 얼굴이자, 우리를 가장 먼저 반겨준 인도인의 모습이었다.

날씨가 몹시 무더웠다. 기차표는 나중에 알아보고 호텔부터 잡기로 계획을 수정했다. 여행사에서 나와 빠하르간지로 향하는 우리에게 평범해 보이는 사내가 다가오더니 어디에 가냐고 친절하게 물었다. 빠하르간지, 라고 대답하자 자기도 그곳으로 가는 중이라며 거절할 틈도 없이 길잡이가 되어주었다.

여행사에서 나와 다시 뉴델리 역 광장에 도착했을 때 그는 역 뒤편을 가리키며 저쪽이 빠하르간지이고 플랫폼을 통과해야 한다고 말했다. 조금 전에 우리가 그쪽에서 건너왔는데 참으로 어처구니가 없었다. 그쪽이 아니라고 말하자 억울하다는 듯이 계속 우겨댔다. 가이드북을 내밀며 빠하르간지는 저쪽이라며 가리키자 가이드북이 잘못되었다며 자기와 함께 가자는 것이 아닌가. 화가 머리끝까지 오른 나는 인도인이 가장 듣기 싫어한다는 말을 해주었다.

"아프까 바꾸완 데꾸테헨!"

'신이 너를 지금 지켜보고 있다'는 뜻으로 인도인들에게는 상당히 모욕적인 말이라고 가이드북에서 알려준 것을 그대로 써먹은

괄리오르 자이나교 유적군
7세기에서 15세기에 걸쳐 자이나교 성인 24명의 조각이 절벽에 새겨졌다. 자이나교의 수도승은 속옷도 걸치지 않은 맨 몸으로 큰 붓을 들고 다닌다. 혹시라도 작은 벌레를 밟을까 봐 그 붓으로 자신이 지나갈 길을 조심스레 쓸며 걷는데, 어떠한 생명도 해치지 않겠다는 불살생을 실천하는 것이다.

것이다. 그는 깜짝 놀라며 "당신, 힌디어 알잖아?"라는 말을 남기고 군중 속으로 사라져버렸다.

그때 아내가 갑자기 송주의 모자를 찾기 시작했다. 배낭 옆에 넣어둔 모자를 소매치기 당했다는 것이다. 소매치기가 아니라 어딘가에 흘렸을 거라며 송주를 나무랐다. 그렇게라도 인도를 변호해주고 싶었다. 인도에 도착한 지 불과 몇 시간도 되지 않아서 아이가 딸린 가족이니까 사기를 치지 않을지 모른다는 아내의 기대는 여지없이 깨지고 말았다. 가장으로서 어떠한 경우에도 가족의 안전을 책임져야겠다며 마음의 경계를 조였다.

헉, 헉, 도대체 여기서 뭘 얻겠다고 다시 왔을까? 그것도 아이와 아내까지 데리고서. 그나저나 아무 일 없이 여행을 잘 마쳐야 할 텐데 걱정이다. 40도가 넘는 폭염으로 새벽 2시까지도 잠을 이루지 못한 나는 암리차르의 밤거리를 뛰고 있었다. 인도에 도착한 지 2일째. 아직도 갈 길이 멀어서 비용을 아껴야 된다는 일념으로 에어컨이 없는 방을 고르다 보니 초죽음이 될 지경이었다. 수돗물마저 따뜻해 샤워할 엄두가 나지 않아서 이열치열의 심정으로 달리기를 선택한 것이다. 가까이에 황금 사원Golden temple이 보이는 것이 확실히 인도에 온 것이 틀림없다. 여행지를 남미에서 바꾼 것이 잘못된 선택일지 모른다는 후회의 감정도 들었지만 이미 돌이킬 수 없는 일이다. 지금부터라도 즐거운 마음으로 여행을 즐겨야 된다고 머리로는 생각하면서도 걱정은 마음을 떠나지 않았다.

사전에 각오를 단단히 시켰음에도 뉴델리 역에서 아내가 딱

벌어진 입을 다물지 못하던 모습이 머리를 떠나지 않았다. 거지들이 우르르 몰려올 때마다 뒤로 숨는 송주가 인도를 어떻게 받아들일지도 걱정이다. 그나마 다행인 것은 인도에 대한 나의 믿음이 흔들리지 않았다는 것이다. "Well done. Your good karma brings you here.(잘했다. 당신이 과거에 쌓은 좋은 업보가 당신을 인도로 오게 했다.)" 언젠가 책에서 읽은 말처럼 선택 받은 사람들만이 인도에 온다는 긍정적인 믿음까지 흔들리지는 않았다. 그만큼 인도에 대한 나의 믿음은 컸다. 사원이 보이기 시작하자 나는 간절하게 기원했다. '가족과 여기에 온 것이 행운이 되기를.' 이전에 왔을 때보다 많이 변하지 않았다. 그때의 감동과 기쁨을 다시 느낄 수 있겠다는 생각이 들었다. 골든 템플이 바라다보이는 한적한 곳에 가부좌를 틀고 앉았다. 마음에서 수많은 상념이 올라오기 시작했다.

회사를 그만두기 직전에 부부 동반으로 회사에서 보내준 명상 프로그램에 참여한 적이 있다. 1박 2일 동안 진행된 교육에서 우리 부부는 명상 전문가로부터 내면에 숨겨진 자아自我를 만나는 방법과 요가를 배웠다. 명상을 통해 무의식의 세계로 들어가는 방법을 강사가 시키는 대로 따라하면서 깜짝 놀랐다. 그러한 세계가 있다는 것을 이전에는 미처 몰랐기 때문이다. 전문 강사로부터 요가와 명상을 집중적으로 배우면서 나의 내면에 또 다른 자아가 있다는 확신을 가지게 되었다.

암리차르의 골든 탬플

'신과 종교의 나라'라 부르는 인도에는 지구상의 거의 모든 종교가 공존하고 있다. 그래서
인지 타 종교에 대해 배타적이지도 않다. 시크교는 힌두교와 이슬람교의 장점이 결합된 종
교로, 골든 탬플은 이들의 성지이자 총본산이다. 400kg 황금으로 지붕을 덧씌운 이곳은
BBC가 선정한 '죽기 전에 꼭 가봐야 할 세계 여행지 50선'에서 6위를 차지한 유네스코 세
계유산이다.

강사에게 배웠던 기억을 더듬으며 명상에 들어갔다. 잡념이라
는 것이 쳐내려고 하면 할수록 계속해서 올라왔다. 호흡을 가다듬
으며 인도에 온 것이 잘한 선택인지 내 자신에게 진지하게 묻고 또
물었다. 누군가 인도에 잘 왔다는 말을 건네는 듯한 느낌이 얼핏 들
었다. 철학의 나라 인도라 그런지 마음이 한결 포근해졌다.

자리에서 일어나 호텔로 향했다. 새벽이라 무더위 기세도 한풀

꺾였다. 이전에 인도에 왔을 때가 떠올랐다. 어느 시점부터 내 자신과 진솔한 대화가 시작되었다. 수천 년 세월의 흔적이 묻어 있는 유적을 보면서도, 비포장 도로를 덜컹거리면서 달리는 심야버스에서도, 과거로 돌아가 나를 살펴보는 것이다. 생각이 꼬리에 꼬리를 물고 이어지면서 '나는 누구인가'라는 철학적 물음에 빠지게 만드는 나라. 우리와는 너무도 색다른 인도가 대부분의 여행자를 그렇게 만든다.

다음날 무더위를 피해 북인도의 히말라야로 이동하기로 아내와 의견을 모았다. 여행도 좋지만 우선은 40도가 넘는 무더위에서 탈출하는 것이 급했다. 암리차르에서 북인도로 가려면 파탄곳을 경유해야 했다. 폭염 속에서 에어컨이 없는 버스를 타는 것도 고역이었지만 그보다 더한 설상가상의 일이 터지고 말았다.

비포장이나 다름없는 도로를 과속으로 질주하는 버스에서 앞에 탄 인도 소년이 머리를 창밖으로 내밀더니 토하기 시작했다. 문제는 우리가 바로 뒷좌석에 앉았다는 사실이다. 소년이 토한 음식물이 밖에서 불어오는 바람에 날리면서 흩뿌려졌다. 갑자기 벌어진 일이라 손수건으로 어떻게든 막으려 애썼지만 역부족이었다. 더욱 황당한 것은 소년의 부모는 미안하다는 말을 전혀 하지 않았다는 것이다. 다른 인도인들도 아무런 일도 아니라는 표정이었다. 하필이면 왜 그 자리에 앉았는지 억울했지만 달리 방법이 없었다. 최소한 미안한 표정이라도 지어야 되는 것이 아닐까. 인도인들은 미안하다는 말을 하지 않는 것을 알면서도 막상 당하고 보니 이해가 되지 않았다. 인도의 문화가 개똥철학이라는 생각도 들었다.

마음이 조금 진정되었을 무렵에 소년과 그의 가족을 다시 바라봤다. 우리와 나이가 비슷해 보이는 부부가 4명의 자식을 데리고 이사를 떠나는 것처럼 보였다. 남루한 옷차림과 흑인에 가까운 검은색 피부에서 그들의 넉넉지 못한 형편을 읽을 수 있었다. 송주 얼굴에 묻은 오염물을 휴지로 아무리 닦아내도 특유의 고약한 냄새는 가시지 않았다. 마음속에서는 자꾸만 '그 자리에만 앉지 않았어도 이런 일은 없었을 텐데'라는 생각이 올라왔다.

그러다가 문득 모든 것이 수천 년 전부터 쌓아온 업보Karma에 따라 이미 정해진다는 인도인들의 믿음을 곰곰이 생각해 봤다. 우리 가족이 인도에 와서 이 버스를 타고 이 자리에 앉도록 정해져 있었단 말인가? 그것은 인도인 가족도 마찬가지일 것이다. 황당한 믿음이라고 흘려 넘기려다 다시 한 번 깊게 생각해 봤다.

사람이라면 누구나 한번쯤은 억울하고 분한 일과 마주친다. 그런 것들도 오래전부터 정해진 일일까? 직장에서 당했던 문제에 대해 원인을 깊게 고민해 보니 내가 스스로 자초한 업보라는 생각이 들었다.

인도 버스에는 신이 있다

인도의 버스에는 예외 없이 꽃으로 장식한 신이 모셔져 있다. 그래서인지 이들은 중앙선을 넘나들며 아슬아슬하게 거침없이 달린다. 비좁은 산길에서 다른 차를 비켜 지나갈 때도 어지간해서는 긁혀도 상관하지 않는다. 버스에 긁힌 상처는 일종의 훈장인 셈이다.

    과거가 되어버린 오래 전의 일이다. 상사가 회의실로 부르더니 내일부터 회사에 나오지 않아도 된다는 믿기지 않는 말을 했다. 퇴근하는 전철 안에서 온통 회사에 대한 배신감으로 가득했다. IMF도 끝났는데 사직을 강요하다니. 회사에 헌신적으로 일해온 내가 당했다는 처참한 심정으로 회사와 상사를 원망했지만 내가 뿌린 씨앗이 결국 화살이 되어 내게로 다시 돌아온 것이다.

    지금도 시장에서 1등의 입지를 확고하게 구축하고 있는 제품이 출시될 당시 마케팅부서가 워크숍에 들어갔다. 토론 주제는 출시를 앞둔 신상품을 히트시킬 수 있는 기발한 아이디어를 찾으라는 것이다. 모두가 판매를 개선할 수 있는 아이디어를 발표하는 자리에서 나는 아이디어가 아닌 전략의 수정이 있어야 된다며 모험을 강행했다. 신상품의 이름을 보완해서 출시하자는 파격적인 제안이었다.

경쟁사들이 이미 시장을 선점한 상황에서 그들의 이름을 모방한 브랜드로 출시한다면 똑똑한 소비자들은 아류작이라고 판단할 것이고 실패할 수밖에 없다는 논리였다. 마케팅을 조금이라도 아는 사람이라면 누구나 공감했을 것이다. 부서원들도 신상품에 문제가 있음을 알았지만 상사의 독선을 꺾을 수 없을 뿐이었다.

발표가 진행되는 동안에 치열한 논리싸움이 전개되면서 분위기가 급격히 냉각되었다. 마케팅 본부장은 내 의견을 적극적으로 지지했지만 이미 이름을 확정해 시생산에 착수한 사업부장은 반대였다. 동료들은 내가 발표한 내용에는 동의하면서도 회사가 정해준 아이디어 찾기가 아닌 전략을 언급해 버린 내 방식에는 곱지 않은 시선을 보냈다. 워크샵에서 결정을 내리지 못하고 의사결정권이 CEO에게 넘어갔다. 결국 회사는 시생산에 투자한 비용을 포기하고 새로 제안된 이름으로 출시하라는 결정을 내렸다.

그날 이후로 사업부장과의 관계가 어색해졌다. 직속상사가 아니라 큰 어려움은 없었지만 아뿔싸! 본부장이 다른 회사로 이직하면서 사업부장이 갑자기 본부장으로 발탁된 것이다. 그가 본부장이 되면서부터 회사생활이 꼬이기 시작했다. 시작은 나쁘지 않았지만 얼마 지나지 않아 일이 터지고 말았다. 회의석상에서 팀원을 모질게 나무라던 그에게 "그 정도밖에 안 되는 분이 어떻게 그 자리에 앉아 있습니까?"라는 속에 담아둔 말을 내뱉고 말았다. 주워 담을 수 없는 말이 나도 모르게 튀어나온 것이다.

이성을 통제하지 못한 실언이었다. 회의실은 마치 찬물을 뿌려 놓은 것처럼 한참이나 정적이 감돌았다. 나보다 더 당황해하던 본부장은 사태를 수습하느라 진땀을 흘렸고 회의는 더 이상 진행되지 못했다. 동료들은 속이 시원했다며 나를 위로하면서도 모두 걱정하는 눈치다. 선택할 수 있는 방법이 내겐 없었다. 본부장에게 사과한 다음에 회사를 떠날 것을 결심하고 이직을 준비하기 시작했다.

그런데 특단의 인사 발령이 공지되었다. 대리 직급으로 팀장을 맡고 있던 나를 '과장'으로 특진시킨 것이다. 1년 중 12월에만 승진이 이뤄지던 회사에서 8월에 특진이라니. 그것은 아주 특별한 인사였다. 회사의 뜻하지 않은 배려로 직장생활을 계속하면서 본부장과의 관계를 개선하려고 노력했지만 서먹할 수밖에 없었다. 그때쯤 인사 컨설팅이 시작되면서 흉흉한 소문이 나돌았다. 살얼음판을 걷는 심정으로 몇 달을 그렇게 불편한 관계를 유지해 오다가 권고사

직을 받게 된 것이다. 그나마 외롭지 않은 것은 부서에서 다른 4명의 팀장과 함께 권고사직을 받았다는 것이었다.

마음이 다급해졌다. 사직일까지 50여 일이 남았지만 짧게만 느껴졌다. 경력사원으로 이직할 때는 가급적이면 회사에 적을 두고 있어야 면접이나 연봉협상에서 유리하기 때문이다. 헤드헌터에게 이력서를 보내고 지인에게도 도움을 청했지만 직장에 다니는 아내는 조금도 걱정하는 내색을 보이지 않았다. 오히려 급할 때일수록 돌아가야 한다며 제주도 여행을 제안했다. 내키지 않았지만 아내의 권유로 3박 4일간의 제주도 여행을 하면서도 틈틈이 이메일을 체크하고 지인과 헤드헌터의 전화를 은근히 기다렸다.

여행에서 돌아온 나는 지인이 추천해준 회사가 마음에 들지 않았지만 인터뷰를 진행한 뒤에 판단하기로 하고 면접을 봤다. 하지만 결과는 낙방하고 말았다. 막상 탈락하자 마음은 더욱 초조해졌다. 다시 헤드헌터가 주선해준 곳에 지푸라기라도 잡는 심정으로 철저하게 준비해 합격할 수 있었다. 지나간 시간이었지만 마음고생이 컸다. 돌이켜보니 모든 것은 내가 만든 업보다.

파탄곳에서 점심을 간단히 해결하고 맥그로드 간즈McLeod Ganj로 향하는 버스로 갈아탔다. 달라이라마가 머문다는 맥그로드 간즈가 우리의 목적지였다. 아내와 아이는 나른한 오후라 졸음을 참지 못

인도 안의 티베트, 맥그로드 간즈
14대 달라이라마가 인도로 망명해 이곳에 망명정부를 꾸렸다. 인도인들이 주로 거주하는 아랫마을을 '다람살라', 티베트인들이 정착해 살고 있는 윗마을을 '맥그로드 간즈'라 부른다.

하고 꾸벅꾸벅 졸다가 깊은 잠에 빠졌다. 달리다 서기를 수없이 반복하는 인도의 완행버스가 마치 내가 걸어온 삶과 비슷하게 느껴진다. 다른 점이 있다면 버스의 목적지는 맥그로드 간즈로 명확하게 정해져 있지만 내 삶의 목표는 아직 정하지 못했다는 사실이다.

대학을 졸업하고 수많은 시행착오를 거듭하면서 달려온 시간들이 차창 밖으로 스쳤다. 잘했던 일보다 아쉬움이 남았던 일이 주로 떠올랐다. 내 자신의 성공을 위해 부서원들을 다그치면서도 그들의 상처는 고려하지 않았다. 신입사원 시절에 '내가 만일 부서장이 된다면 슈퍼리더십을 발휘하겠다' 했던 다짐을 지키지 못한 것이다. 지금 생각하면 아무것도 아닌 일이 당시에는 왜 그렇게도 힘들게 느껴졌는지 회사를 떠나고 나서야 알 것 같다. 다시 찾은 인도! 너는 이번에도 나를 과거로 이끌어주고 있구나. 인도에게 고마운 마음이 들었다. 여기에 오지 않았더라면 죽을 때까지도 모르고 살았을 것이라 생각하니 마음이 조금씩 편해지기 시작했다.

회사에서 중대한 프로젝트를 새로 맡은 적이 있다. 당시의 일도 벅찼지만 일 욕심이 많아서 나는 거부하지 않았다. 맡겨진 프로젝트의 결과에 따라 회사가 위기에 몰릴 수도 있는 중대한 업무였다. 회사가 원하는 바를 반드시 달성하겠다는 집념으로 팀원들을 독려하면서 일에 푹 빠졌다. 시간이 절대적으로 부족한 상황에서 파트너의 요구까지 들어줘야 했다. 야근이 많아지면서 팀원들이 일찍 퇴근하는 것을 부담스러워하는 분위기가 조성되었다.

중간보고를 받은 경영진의 기대가 커졌다. 그들의 요구에 부응하려다 보니 팀원들을 재촉할 수밖에 없었다. 리더십을 몰라서가 아니라 단기간에 성과를 내기에는 당근보다 채찍이 필요한 때라고 판단한 것이다. 팀장의 마음을 몰라주는 부서원들이 야속하게 생각됐지만 어차피 관리자가 짊어질 몫이라며 위안을 삼았다.

부서장으로서 임원의 호출이나 요구에 항상 긴장하면서 많은 보고서를 준비해야만 했다. 회의 참석이 많아지면서 개인적인 시간도 크게 줄었다. 다른 팀보다 잘하겠다는 심리적 부담도 크게 작용했다. 초심을 잃어버린 채 회사가 원하는 바를 달성하는 것이 팀원의 행복을 높이는 길이라 굳게 믿었다.

그때쯤 평소에 믿고 따르던 직원이 대학원에 진학할 거라며 사직서를 내밀었다. 어떻게든 설득해 보려고 했지만 그의 결연한 의지를 확인한 나는 앞길을 축하해 줬다. 프로젝트를 성공적으로 마치고 회식 자리에서 뜻밖의 말을 들었다. 대학원에 진학한다던 그가 다른 회사로 입사한 것이다. 이직한 사유도 내가 일에 미친 워커홀릭이기 때문이라는 말도 들었다.

큰 충격을 받았다. 회식을 간단히 마치고 복잡한 심정으로 사무실에 들어와 진지하게 나를 되돌아보는 시간을 가졌다. 나는 도대체 무엇을 위해 이렇게 바쁘게 살고 있는가? 그 직원은 왜 솔직하게 말하지 못했을까? 자신의 출세나 이익을 위해 타인을 짓밟는 사람이 있다. 빠르게 승진하면서 뛰어난 업적을 발휘할지는 몰라도 다른 사람에 대한 배려심은 부족하다. 직책이 올라갈수록 자기도 모르는 사이에 그렇게 변해간다. 내가 바로 그런 사람이라고 생각하니 그에 대한 섭섭함보다 나 자신에 대한 문제가 처음으로 가슴을 파고들었다.

아이는 여행의
장애물이자 무기 _ 자식

　차창 밖에서 불어오는 바람이 선선해지기 시작했다. 버스가 히말라야의 가파른 산기슭을 오르면서 시작된 즐거운 변화다. 저 멀리 아늑하게 보이는 히말라야 산자락도 경이롭게 다가왔다. 원숭이 가족이 도로를 질주하면서 장난을 치고 있다. 동물원에서나 볼 수 있는 녀석들이 나타날 때마다 송주가 신기해하며 손가락으로 숫자를 세어 나갔다. 즐거워하는 송주를 지켜보면서 우리도 덩달아 흐뭇해졌다. 녀석이 이번 여행을 통해 얼마나 배우고 기억할지 궁금하다. 우리를 만나는 여행자들도 송주를 보면서 녀석이 인도를 어떻게 받아들이고 있는지 몹시 궁금해했다.

　지방에서 키우던 아이가 만 4살이 되던 해에 아버지는 농사 중

건물 외벽을 장식한 LG 에어컨
호텔 외벽을 둘러싸고 있는 LG 에어컨을 볼 때도, 좁은 도로를 지나가는 현대자동차를 볼 때도 왠지 모르게 반갑고 뿌듯한 마음이 든다.

에서도 으뜸은 자식농사라며 그만 서울로 데려가서 키우라고 하셨다. 그렇지 않아도 언제쯤 아이를 데려올지 고민하던 차에 우리는 아이를 맡길 유치원을 알아보기 시작했다. 아파트 앞에 있는 시설 좋은 시립유치원은 대기하고 있는 아이들이 이미 2년치나 꽉 차 있었다. 쉽게 생각했건만 유치원 찾는 일도 그리 만만치 않았다. 수개월 동안 알아보다가 때마침 이사를 가는 아이가 생겼다는 연락을 받고 집 근처에 있는 구립유치원에 간신히 자리를 구했다. 아침 7시 30분에 맡겼다가 저녁 8시에 찾는 맞벌이를 위한 종일반이다. 같이 살게 되었다는 들뜬 심정으로 아이를 집으로 데리고 왔지만 그때부터 모든 것이 어그러지기 시작했다.

새벽부터 아이를 깨워서 씻기고 유치원에 데려다주는 것은 아내의 몫이고 야근이 많은 아내를 대신해 저녁에 유치원에서 찾아와 밥을 먹이고 재우는 일은 내가 맡았다. 그렇게 1년의 시간이 쏜살같이 지나가면서 삶이 벅차게 느껴졌다. 출퇴근 시간만 되면 거의 전쟁터를 방불케 했다. 아이가 조금만 크면 괜찮을 거라는 일념으로 버티기에는 분명 한계가 있었다. 불가능한 현실을 받아들여야만 하는 상황과 맞닥뜨렸다. 새벽부터 유치원에 가지 않으려고 떼를 쓰던 녀석이 아파서 병원 응급실에 입원하기를 수차례. 결국 아내가 회사를 그만두기로 했다. 아내와 나, 그리고 아이까지도 모두가 피해자가 되는 것을 더 이상 방치할 수는 없었다.

아내가 주부가 된 다음부터 모든 것이 나아지기 시작했다. 그래서 세상은 공평하다고 말하는가 보다. 하나를 선택하면 나머지 하나는 반드시 포기해야 하는 기회비용 말이다. 맞벌이 때야 돈은 조금 더 벌 수 있을지 몰라도 잃어버리는 것이 너무 많았다. 아내가 꽃꽂이를 배우면서 집에 향기가 넘쳤고 녀석도 보답이라도 하듯이 병원에 더 이상 입원하는 일이 없었다.

비좁은 히말라야의 산길에서 우리가 탄 버스 옆으로 힘겹게 비켜 지나가는 승용차가 익숙한 현대자동차다. 뉴델리에서 호텔의 외벽을 장식하다시피 둘러싼 LG 에어컨을 봤을 때도 뿌듯한 마음이 들었다. 외국에 나와서 애국자라도 된 것일까? 7시간을 달린 버스가 목적지인 맥그로드 간즈에 도착하자 버스에서 내린 아내는 환호성부터 질렀다.

"그래! 이것이 바로 사람이 사는 날씨야!"

숙소로 히말라야 설산이 보이는 멋진 방을 저렴한 가격에 구했다. 시원한 날씨와 탁 트인 풍광이 마치 우리 가족을 포근하게 맞아주는 것 같았다. 40도가 넘는 폭염의 터널을 통과하지 않았더라면 느낄 수 없는 기쁨일 것이다.

맥그로드 간즈는 중국의 탄압을 피해 나라를 잃은 티베트인들이 모여 사는 곳으로 그들의 정신적 지주인 달라이라마의 거처로 유명하다. 가파른 산기슭에 위태롭게 자리한 마을에는 티베트인들이 만든 도서관을 비롯해 사원과 임시정부의 건물들이 촘촘히 들어서 있다. 그들만의 문화와 명맥을 이어갈 목적으로 도서관이나 학교를 건립하면서 힘겹게 살아가고 있는 그들을 보면서 안쓰러운 마음이 들었다. 매일같이 진행되는 독립을 외치는 기도 행렬에는 전세계에서 온 여행자들이 적극적으로 동참하고 나섰다. 서양에서 온 가족 여행자들은 많았지만 동양인 가족으로는 우리가 유일했다. 인도인들도 우리를 특별하게 바라봤다. 다양성을 인정하는 인도와는 너무도 다른 대한민국의 획일화 문화가 숨 막히게 느껴질 지경이다.

우리나라는 개미처럼 열심히 일을 해야지 베짱이는 용서하지 않는 문화다. 올림픽에서 은메달을 딴 한국의 선수들은 인터뷰에서도 금메달을 따지 못해 미안하다며 눈물을 흘리던 시절이 있다. 기쁨의 눈물을 흘리는 외국의 선수와는 눈물의 의미가 질적으로 달랐다.

대한민국에서 직장인이라면 열심히 일해서 집부터 장만해야 한다. 다음에는 아파트 평수와 자동차 크기를 늘려가야 된다. 아이들 교육 문제라면 학부모들은 목숨이라도 걸 태세다. 교육비를 더 지출할수록 아이 성적이 올라간다고 생각하기 때문이다.

분위기가 이러다 보니 가장의 어깨에 가족의 생계는 물론 아이들의 성적도 달려 있다. 회식이 있던 다음 날이었다. 흡연실에서 담배를 심각하게 피우며 고민하는 선배에게 물었다.

"무슨 일 있어요? 평소 선배답지 않게."

"이번에 아이가 초등학교에 입학했는데 글쎄, 와이프가 선생님한테 돈을 줘야 한다면서 얼마를 줄지 고민하고 있더라고."

"촌지 말하는 거예요?"

"응. 더 웃기는 게 뭔지 알아? 집사람이 아파트에서 확인한 바에 따르면 보통 3, 5, 7로 간대. 30에서 출발해 50, 70처럼 홀수로 가다가 100, 200으로 뛴다고 하더군."

강남에 살고 있던 선배의 말이 남의 일처럼 보이지 않았다. 그의 고민이 조만간 내 것이 될 게 뻔했다.

"선배답지 않게 왜 그래요. 소신껏 살아왔잖아요. 그런 거 꼭 하지 않아도……."

"나도 와이프한테는 그렇게 말했지. 근데 말이야, 남들 다 하는데 우리만 가만히 있으면 왕따될 게 뻔한데 당신이 책임질 거냐고 묻는데 아무 말도 못했다. 너라면 어떻게 할래?"

대답하지 못했다. 정말로 내가 그런 상황에 처하면 어떻게 판단

거리의 어린이 이발사
인도의 길거리에는 간이 이발소가 많이 있다. 우리 아이를 이발해 주는 어린 이발사의 모습이 애틋해 보였다.

할지 오후 내내 고민했다. 그날 밤 퇴근해서 잠자는 아이를 보면서도 생각은 끊이질 않았다. 녀석의 얼굴을 한참 쳐다보고 있자니 미안한 마음도 들었다. 아빠로서 너무나 무관심했기 때문이다. 아이에게 정말 필요한 것은 세상을 살아가는 지혜와 용기 아닐까. 학교도 가지 않은 녀석의 촌지를 걱정하는 내가 한심해 보였다.

교육계의 대부로 통하는 정범모 박사는 "개·돼지는 아무리 교육시켜도 결국 개·돼지일 수밖에 없지만 인간의 잠재능력은 무한해서 교육에 따라 얼마든지 성장시킬 수 있다"며, 아이에게 물고기를 잡아주기보다는 고기 잡을 수 있는 방법을 가르쳐주는 것이 중요하다고 말했다.

녀석을 인도에 데리고 오길 잘했다. 인도를 오랫동안 기억해 줬으면 좋겠다.

다음날 달라이라마가 거주하고 있는 사원부터 찾았다. 입구에는 티베트를 탄압하고 있는 중국의 만행을 고발하는 처참한 사진들이 빼곡하게 전시되고 있었다. 송주의 눈을 가려야 할 정도로 참혹한 사진도 많았다. 달라이라마는 유럽으로 여행을 떠나고 없다. 살아 있는 신으로 추앙 받고 있는 그를 보지 못한 것이 아쉬웠지만 한쪽에 마련된, 독립운동을 위한 박스에 100루피를 기부하고 돌아설 수밖에 없었다.

내친김에 티베트 정부에서 운영하는 전생前生을 잘 본다는 곳으로 점을 보러 갔다. 비용이 50달러로 인도에서는 적지 않은 돈이지만 각국에서 온 여행자들로 북새통을 이루고 있었다. 이미 1,200명이 등록한 상태다. 이메일과 생년월일을 적어서 제출하면 7~9개월 뒤에 연락하겠다는 안내를 받고 망설이다가 그냥 발길을 돌렸다. 못 믿어서라기보다 이미 지나가버린 과거를 알아봐야 뭐 하겠나, 하는 생각이 들었기 때문이다. 운명은 스스로 개척하는 것이라는 평소의 믿음 때문에 그 순간에는 그 비용이 왠지 사치스럽게 생각되었다.

돌아오는 길에 100만 불짜리 전망을 가진 멋진 찻집이 눈에 띄었다. 아내와 나는 이심전심으로 고개를 끄덕이며 2평에도 미치지 않는 찻집에 들어섰다. 하나뿐인 식탁에 이름 모를 꽃이 주둥이를 잘라낸 생수병에 단정하게 꽂혀 있다. 50대 후반으로 보이는 주인의 마음씨도 무척 착하게 보였다.

"짜이 두 잔 주세요(Two, please)."

인도인들이 일상적으로 즐겨 마시는 인도식 홍차인 짜이를 아내 것과 내 것 두 잔을 주문하자 송주가 던진 말을 듣고 깜짝 놀랐다.

"트리Three 짜이."

손가락 세 개를 펴면서 '트리Three'를 또렷하게 발음하는 것이 아닌가. 우리는 물론 주인 아저씨도 미소를 지었다. 어느덧 자기 몫도 챙길 줄 아는 똘똘한 녀석이 되었다. 하루가 다르게 여행에 적응하

아이의 일기장
여행을 떠나기 전에 아이에게 일기장을 마련해 주었다. 지금은 어려서 잘 모르겠지만 어른이 된 이후에는 알게 될 것이다. 그것이 자신에게 얼마나 귀중한 체험이고 추억이었는지. 결혼기념일을 축하한다는 녀석의 그림을 보면서 아내는 아이를 꼭 끌어안았다.

고 있는 송주가 대견하다. 녀석의 말대로 짜이 3잔에다가 비스킷도 덤으로 주문해 줬다. 히말라야의 멋진 설산을 감상하면서 마시는 차와 비스킷이 11루피라니. 차 값으로 내민 돈을 주인은 이마로 가져가 성호를 그으며 기도를 했다.

　찻집을 나와서 아내가 요가를 배우러 간 사이에 송주와 나는 아내를 위한 깜짝 이벤트를 준비했다. 특별한 장소에서 맞게 된 7번째 결혼기념일을 축하하는 자리를 만드는 일이다. 아내는 결혼기

넘일을 모르는 것처럼 보였다. 케이크를 준비하고 아내의 선물을 사러 보석 가게로 갔다. 루비로 장식된 귀걸이를 골라 가격을 묻자 주인은 마음껏 높여 부르는 것 같았다. 루비는 인도가 유명하다는 얘기만 들었지 보석에 대해 전혀 감을 잡을 수 없어서 무조건 반값으로 협상을 시작했다. 30%를 할인해 주겠다는 주인의 말이 떨어지기 무섭게 등을 돌리며 가게 밖으로 걸어가자 절반 값으로 보석을 가져가라고 했다. 마음에 드는 물건을 절반 가격에 샀으면서도 마음은 꺼림칙했다. 인도는 원래 그런 나라다. 숙소로 돌아와서 아내에게 편지를 써서 정성스럽게 포장했다. 송주에게는 일기장에 축하 메시지를 써보라고 권했다.

사랑하는 아내에게

어느덧 오늘이 우리가 결혼한 지 7주년입니다.
특별한 장소에서 맞이하는 오늘이
앞으로 우리 생애에 커다란 축복이 되길 기원합니다.
– 인도 맥그로드 간즈에서 당신만의 남편

시간이 멈춰버린 것처럼 느껴지는 여행의 보름째. 우리는 맥그로드 간즈에서 인도의 알프스라 부르는 마날리로 이동하기로 했다. 거리상으로는 그리 멀지 않았지만 심야에 히말라야 산길을 10시간 이상 달려야 하는 장거리 여정이라 저녁을 든든하게 챙겨 먹었다. 버스는 저녁 8시에 출발해 아침 6시에 도착할 예정으로, 10시간 동안 버스를 타는 일이 전보다는 두렵게 느껴지지 않았다. 조금은 인도 환경에 익숙해진 모양이다.

출발 시간을 넘긴 버스는 아찔한 히말라야 산길을 거침없이 달렸다. 기후변화가 심한 히말라야 부근이라 그런지 차창 밖에서 갑자기 천둥 번개를 동반한 폭우가 억수같이 쏟아지기 시작했다. 아무 일 없이 무사하게 도착해 달라고 빌었다. 두려움을 안고 질주하는 심야버스에서, 살면서 힘들었던 시간이 떠올랐다. 지내놓고 생각해 보면 별것도 아닌 과거의 일을 그때는 죽도록 고민해야만 했다.

책을 출간하면서부터 기업체나 대학에서 강의 요청을 받곤 했다. 업무에 지장을 주지 않는 범위에서 월차를 활용해 가끔씩 강의를 다녔다. 어느 여름철에 한양대로부터 강의를 의뢰받고 강사진을 확인하면서 욕심이 생겼다. 대학에서 최고의 인기강사로 손꼽히는 윤석철 교수와 함께 강사로 나설 수 있는 기회다. 망설임 없이 3개월

사진 찍기를 좋아하는 인도인
만나는 인도인들마다 아이와 사진 촬영을 원했다. 그때마다 응했다. 디지털카메라가 아
니라면 망설였겠지만 얼마든지 사진을 찍고 지워버릴 수도 있는 디지털 세상이지 않은가.
그래도 나는 인간적인 정이 넘치는 아날로그가 좋다.

뒤에 진행될 강연을 수락했다. 연말이라는 시점이 조금은 마음에
걸렸지만 월차를 이용하기로 했다.

그런데 결국 문제가 터지고 말았다. 강의를 진행하는 날과 회사
에서 잡은 중요한 회의가 정확하게 겹친 것이다. 강의를 해야 하
는 날로부터 불과 1주일 전, 내년도 사업계획을 수립하는 부서장
회의가 겹쳤다. 대학교에 알아보니 이미 교육 전단이 인쇄되어 배
포된 상황이라 번복이 불가능하다고 했다. 강의를 가려고 미리 월

차를 신청해 놓았지만 소용없는 일이었다. 둘 중에 하나는 반드시 포기해야 하는 사태가 벌어지고 말았다.

그때부터 1주일간 고민이 시작되었다. 오죽했으면 식욕이 떨어져 밥을 먹지 못했을까. 항상 조언해 주던 아내도 해결책을 제시하지 못했다. 직장생활을 해본 그녀도 사업계획 회의가 얼마나 중요한지 잘 알고 있었기 때문이다. 아무리 고민해 봐도 상사에게 사실을 직고하고 강의에 가는 것이 최선책으로 보였다.

그런데 말하려고 상사 앞에서만 서면 입이 떨어지지 않았다. 조직생활을 해본 사람들은 잘 알겠지만, 상사들 관점에서 책 쓰고 강의 다니는 모습이 좋게 보이겠는가? 결국 집안일을 핑계로 회의에 참석하기가 어렵다고 말하고 강사로서 약속한 바를 지켰다. 나중에 문제가 되면 월차를 미리 신청했다는 것이 유일한 변명거리였다. 강연에 다녀온 뒤 한동안은 도둑이 제 발 저린 심정으로 상사가 호출할 때마다 가슴이 뜨끔했다.

얼마나 지났을까? 갑자기 버스 엔진 소리가 커지는가 싶더니 '덜커덩' 소리와 함께 시동이 꺼졌다. 놀라서 깨어보니 버스가 한쪽으로 기울어져 있고 승객들이 술렁거렸다. 폭우 때문에 산사태가 일어났는데 막혀 있는 도로를 버스가 무리하게 넘으려다가 유실된 부분으로 한쪽 바퀴가 빠진 것이다. 어두워서 산비탈이 보이진 않았지만 이곳이 히말라야 중턱이라고 생각하니 잠이 순식간에 달아났다. 그나마 다행인 것은 사태가 심각해서인지 평소와는 다르게 인도인들의 움직임도 무척 빨랐다. 도로 반대편의 기사들까지 합심해 도로를 복구하면서 만일의 경우에 대비해 버스를 밧줄로 연결했다. 천둥 번개를 동반한 폭우는 억수같이 내리고 있었다.

잠시 뒤에 버스가 시동을 걸더니 차장이 승객들에게 내리라고 지시했다. 버스 앞쪽에 타고 있던 우리는 그때까지도 잠들어 있는 송주를 어떻게 해야 할지 망설였다. 쏟아지는 폭우 때문에 빠른 판단이 필요했지만 설마 무슨 일이 있겠냐며 송주를 좌석에 눕혀놓은 채 버스에서 내렸다. 내려서 보니 사태가 예상했던 것보다 훨씬 심각했다. 아이를 데려와야겠다는 일념으로 다시 차에 타려는 순간에 버스가 출력을 높이면서 안간힘을 쓰기 시작했다.

안타깝게도 버스는 헛바퀴를 돌더니 산비탈 쪽으로 기우는 것이 아닌가. 버스에서 내리지 못한 승객들은 공포에 휩싸였다. 우리는 밖에서 발만 동동 굴렀다. 그때다. 최고로 출력을 올린 버스가 마지막으로 안간힘을 썼다. 버스를 밧줄로 묶어 잡아당기는 사람들의 구령소리도 높아갔다. 마침내 버스가 간신히 빠져나오자 모두가 얼싸안고 박수를 치며 환호성을 질렀다. 재빨리 버스로 올라가 아이를 살폈다. 놀랍게도 녀석은 그때까지도 잠에 푹 빠져 있었다.

잘못 들어선 길은
과감히 수정해야 한다 _ 선택

여행 20일째, 북인도의 마날리에 도착했다. 그곳은 천의 얼굴을 가지고 있는 인도에서도 '스위스'라 부를 만큼 절경이 뛰어난 곳이다. 인도 날씨는 5월을 기점으로 대부분의 지역이 40도가 넘는 폭염이 시작되지만 히말라야 중턱에 자리한 마날리는 20도 안팎으로 사람들이 활동하는 데 최적의 환경을 제공한다. 이를 말해주기라도 하듯 무더위를 피해 피서를 온 인도인들이 북새통을 이루고 있었다. 아슬아슬한 산길을 10시간이나 달려온 힘겨운 여정이라 피곤했지만 마날리 풍광에 '와' 하는 탄성이 절로 나왔다. 경치에 압도된 것이다. 손에 잡힐 듯 가깝게 보이는 히말라야의 설산이 으뜸이고, 수백 년은 됨직해 보이는 아름드리 전나무 숲도 장관이다. 더군다나 이들을 폭포와 함께 감상할 수 있는 게스트하우스

마날리 히딤바 사원

'인도의 스위스'라고도 불리는 마날리에 4층 높이의 목조 건물인 히딤바 사원이 있다. 둥그리 사원이라고도 부르며, 힌두교의 히딤바 여신을 모시고 있다.

의 하룻밤 방값이 250루피(6천 원)라니! 방안에서 이런 멋진 광경에 취해 있노라면 마치 알프스에 온 착각마저 들었다.

우리는 힌두사원을 방문했고, 마날리에서 약 15km 떨어진 나가르Naggar를 방문해 풍운의 화가로 유명한 니콜라이 로에리치Nicolai Roerich의 작품을 감상하고, 유황온천으로 유명한 바쉬숏Vashisht에서 온천욕도 즐겼지만, 어딘지 모르게 허전했다. 마음속에서 히말라야의 설산을 직접 밟아보고 싶다는 욕망이 끊이질 않았다. 그때쯤 눈이 녹아 5개월 동안만 육로가 열린다는 '레Leh'에 가자는 아내의 제안에 쉽게 대답하지 못했다. 해발이 5천m나 되는 레에서 송주가 고산병에 걸릴 수도 있다는 두려움 때문이다.

'눈이 머무는 곳'이라는 뜻을 가진 히말라야에서 쌓인 눈을 만져보고 고산병도 해결할 수 있는 방법을 찾아보았다. 두 가지를 동시에 해결할 수 있는 해법이 있었다. 해발 3,980m에 자리한 스키장에 직접 올라가 보는 방법이다. 지프를 단독으로 전세를 내는 방법도 있었지만, 지방정부 관광청에서 운영하는 비용이 저렴한 상품을 이용하기로 했다. 긴 여정 속에서 또 다른 하루짜리 여행을 즐기려는 것이다.

아침 9시 출발 장소에 도착했는데 우리를 제외한 모두가 인도인들이다. 미니버스 바퀴가 덩치에 비해 너무 커서 우습다. 버스가 출

로탕패스에 자리한 인도 스키장
해발 3,980m 히말라야 산자락에 자리한 인도의 스키장에는 곤돌라도, 스키도 없다. 설산을 배경으로 사진을 찍을 수 있도록 말과 사람의 힘으로 끄는 몇 대의 스키가 대기 중인 것이 전부였지만 경치만큼은 으뜸이다. 지금 이 순간에 내가 살아서 이곳에 서 있다고 생각하니 코끝이 찡해졌다.

발해 산길에 접어들자 바퀴가 큰 이유를 금방 알게 되었다. 험악한 산악도로를 조금이라도 안전하게 달리려는 것이다. 급경사 도로를 180도 회전하는 버스에서 머리가 어지러울 지경이었다.

움푹 패인 비포장도로를 지날 때마다 몸이 앞뒤로 출렁거렸다. 차라리 몸을 버스에 맡기는 편이 편하게 느껴졌다. 더군다나 버스의 맨 뒷좌석에 앉았으니 덩실덩실 어깨춤이 절로 나왔다. 버스가 지나온 아래쪽의 꾸불꾸불한 계단 모양의 도로를 보면서 송주가 던진 질문은 우리를 미소 짓게 했다.

"엄마, 우리 몇 층까지 올라가는 거야?"

잠시 뒤 버스가 멈춘 곳은 설산에서 신을 수 있는 신발과 스키복을 대여해 주는 가게다. 주인은 능숙한 솜씨로 달려 나오더니 버스에서 내린 손님들에게 물품의 대여를 권유하기 시작했다. 단체여행객들이 치러야 하는 일종의 쇼핑인 셈이다. 자신에게 맞는 옷을 이것저것 입어 보는 인도인들의 표정이 마냥 즐거워 보였다. 정상에 대한 그들의 기대심리는 우리보다 훨씬 클지도 모른다. 인도에서 이곳으로 여름휴가를 즐기러 왔다면 상류층 사람들이다. 처음으로 하얀 눈을 본다는 사람이 많았다. 가이드북에서 긴 소매를 미리 준비해야 된다고 나와 있어서 두꺼운 옷을 준비했던 우리는 방한복을 따로 대여하지 않았다. 그런데 갑자기 써늘해진 날씨가 걱정되어 송주에게는 든든한 방한복을 골라 입혔다.

쇼핑을 마친 버스가 다시 출발했다. 마주 달려오는 차와 아슬아슬 비켜 지나가는가 하면 산비탈 쪽의 아찔한 낭떠러지에 가슴을 쓸어내려야만 했다. 멀미약을 먹고 두통을 호소하던 아내는 손에 잡힐 듯이 가까워진 설산을 가리키며 표정이 진지해졌다. 인도인에게 히말라야는 아무나 오를 수 없는, 영적인 기운이 느껴지는 위대한 영산이며 신비의 대상이다. 그런 대상을 인도인들과 함께 버스

한여름에도 방한복은 필수

해발 3,980m 로탕패스로 올라가기 전에 우리는 방한복으로 갈아입었다. 모두들 즐거운
마음으로 한여름에 방한복을 착용하고 있다.

를 타고 올라가고 있다고 생각하니 기분이 묘했다. 정상으로 진입할수록 펼쳐지는 장엄한 경관에 압도되기 시작했다. 마날리에서 불과 38km 떨어진 로탕패스RohtangPass까지 가는 데는 꼬박 4시간이 걸렸다.

정상에 도착한 우리는 허기진 배부터 채우기로 했다. 덜컹거리는 버스에 온몸을 맡기고 4시간이나 달려왔으니 무척 배가 고팠다. 식당 앞에서 잠시 망설이던 우리는 송주가 좋아하는 오믈렛을 주문해 줬다. 최소한의 설비만 갖춘 간이식당에서 선택의 폭도 넓지 않았다. 함께 도착한 인도인들은 배고픔을 잊은 듯했다. 버스에서 내리자마자 눈을 신기한 듯이 만져보고 입 맞추며 기도하는 모습이 사뭇 진지해 보였다. 그들이 가장 신성시하는 갠지스강이 발원한다는 히말라야의 설산이기 때문일 것이다.

그런데 갑자기 송주가 이상해졌다. 얼굴에 핏기가 없어지더니 먹성 좋던 녀석이 밥을 안 먹겠다며 투정을 부렸다. 밥을 먹지 않으면 내려갈 때 두고 간다고 겁을 줬지만 마지못해 먹는 척하다가 어지럽다며 다시 고집을 피웠다. 송주를 아내에게 맡기고 나는 스키장에서 인도인들과 어우러졌다. 거대한 설산을 막상 눈앞에서 보자니 한편으로는 히말라야의 대자연은 인간의 발길을 허락하지 말았어야 했다는 생각이 들었다. 욕망을 달성한 이후에 뒤따라오는 허전함과 나는 해봤으니 다른 사람은 안 된다는 이율배반적인 느낌이리라.

히말라야를 TV나 사진으로 볼 때마다 손을 뻗어 잡고 싶었다. 마날리에 도착해서도 햇빛을 반사하면서 구름 위에 떠 있는 영롱한 설산에 대한 욕망은 멈추질 않았다. 막상 도착한 다음에 밀려오는 허전함은 무엇일까? 한동안 먼 산을 바라보면서 생각에 잠겼다.

지금까지 내 삶의 방식이 그랬다. 원하는 것을 이루고 난 뒤에도 항상 갈증에 목말라했다. 원하는 학교에 들어가고, 원하는 사람과 결혼하고, 회사에서도 승진이 빨랐지만 항상 허전했다. 만족을 모르고 새로운 욕망의 늪에서 빠져나오지 못한 것 같다. 늘 마음을 졸이며 단 하루도 걱정 없이 지내본 적이 있었던가? 중요한 것은 지금 이 순간에 내가 이렇게 살아서 여기에 있다는 사실이라고 생각하니 코끝이 찡했다. 비행기를 탔을 때부터 머리를 떠나지 않았던 미래에 대한 두려움도 조금은 날아가는 느낌이 들었다. 대자연 앞에서 그것은 내가 만들어낸 작은 욕망에 불과했다는 사실을 깨달았다.

소변이 마려워 주위를 둘러봤다. 도시에도 없는 화장실이 히말라야 산중에 있을 리 만무했다. 알면서도 주위를 둘러본 이유는 소변을 보기 좋은 위치를 찾으려는 것이다. 인도에서는 어디서나 소변 보는 사람을 쉽게 찾을 수 있다. 아니나 다를까? 저만치에서 인도인이 소변을 보고 있는 것을 확인한 나는 그의 옆에서 태연

스럽게 문제를 해결한 다음에 만년설로 손을 씻고 돌아서려는 찰
나에 갑자기 머리가 '띠잉' 했다. 찬바람 때문에 그럴 거라며 가볍
게 생각하고 돌아와 호흡이 거칠어진 송주를 보고서야 고산병일지
모른다는 생각이 들었다. 힘들어하는 송주를 업고 버스로 갔다. 날
씨가 춥고 바람이 거칠어서인지 노부부를 비롯한 대부분의 현지
인들은 버스에 타고 있었다. 아이를 쳐다보던 운전기사는 두말없
이 고산병이란 진단을 내리더니 잠시 뒤에 출발할 테니 문제될 게
없다며 우리를 안심시켰다. 그때 아내가 내 옆구리를 쿡 찌르더니
"화장실!"이란다. 아침부터 버스를 타고 올라와 아내도 지금까지
화장실에 가지 못한 것이다. 송주를 노부부에게 맡기고 운전사에게
혹시나 하는 마음으로 물었다.

　"Where is the toilet?"(화장실이 어디죠?)

　"No toilet. But, everywhere is toilet!"(없지만 여기는 모든 장소가 화
장실이다.)

　재치 있는 운전사의 말을 뒤로 하고 적당한 장소를 찾는 게 급
했다. 인도인들은 버스에서 우리가 어떻게 하는지 유심히 지켜
봤다. 남자인 나야 대충 해결하면 되지만 아내는 문제가 다르다. 저
만치 사각지대가 눈에 띄었다. 다른 사람들이 다녀간 흔적이 널려
있는 곳에서 몸으로 아내를 가렸다. 아내가 간신히 문제를 해결하
는 사이에 버스에서 지켜보던 인도인들과 나는 눈싸움을 벌여야

만 했다. 호기심 많고 쳐다보기 좋아하는 인도인들을 위해 무대의 주인공이 된 듯한 심정이었다. 히말라야 설산에는 초목이 자라지 않아서 가릴 거라고는 아무것도 없었다.

3시 무렵에 버스가 스키장을 뒤로 하고 출발했다. 왔던 길을 되돌아가는 길인데도 올라올 때와는 느낌이 많이 달랐다. 올라올 때는 눈에 보이지 않던 보라색, 노란색, 흰색의 꽃들이 무척 아름다웠다. 나무도 자라지 않는 척박한 땅에서 피어나는 생명체가 경이롭다. 버스가 내려갈수록 연두색 초원이 모습을 드러내면서 나무도 하나씩 보이기 시작했다. 버스는 올라올 때보다 빠른 속도로 산길을 달렸다. 버스에서 틀어 놓은 인도의 노래와 창밖의 경치가 묘하게 어울렸다. 설산에서 녹아내리는 물줄기가 절벽을 타고 수십 미터 아래로 떨어지는 광경은 경건하기까지 하다.

가슴이 답답하다고 투정을 부리던 송주가 갑자기 토하기 시작했다. 화장지를 꺼내 녀석의 입에 대고 음식물을 받아 밖으로 던졌다. 인도인들에게 미안하다고 하자 모두 "괜찮다(No problem)"고 했다. 그들의 표정이나 어감이 정말로 아무렇지도 않은 느낌이다. 정상에서 시작된 송주의 고산병이 차멀미로 나타나더니 산중턱까지 계속되었다. 전염된 것인지 앞에 있던 인도 소년도 토하는가 싶더니 이를 달래던 중년의 엄마까지 구토를 시작했다. 버스 안이 비릿한 냄새로 코를 찔렀지만 누구도 짜증을 내지 않았다. 버스기사도 운전에만 집중했다. 파탄곳으로 이동할 때 인도 소년의 뒷자리에서 짜증을 부렸던 모습이 떠올라 부끄럽게 생각되었다. 인간이란 자신이 직접 겪어보지 못하면 상대방 입장이나 마음을 이해하기 힘들도록 만들어진 존재인가 보다.

저녁 식사를 하면서 눈부실 정도로 아름다운 이곳을 떠난다고 생각하니 무척 아쉬움이 몰려왔다. 이심전심이었는지 아내는 내게 멋진 경치가 아깝다며 하루만 더 머무는 것이 어떻겠냐고 물었다. 그렇게 하자고 말하고 싶었지만 정해진 일정 때문에 머뭇거렸다. 아침에 일어나서 하루를 더 묵을지 계획대로 이동할지 결정하기로 했다.

침대에 누워 히말라야 설산에서 받은 느낌을 떠올렸다. 숨막힐 듯한 대자연의 장엄함 앞에서 숙연해졌던 감동을 놓치고 싶지 않았다. 산을 내려오면서 봤던 이름 모를 작은 들꽃의 속삭임이 들리는 것 같았다. 어쩌면 도착했을 당시에 버스에서 토한 소년을 만난 것이 우연이 아니었을지 모른다는 마음이 생겼다.

다음 날 아침 침대에서 거의 동시에 눈을 뜬 아내와 나는 새소리를 들으며 말없이 밝아오는 여명을 느끼고 있었다. 인도의 아침을 깨우는 것은 새소리다. 새벽부터 수백 마리가 지저귀면서 여행자를 깨웠다. 서로를 바라보던 우리는 누가 먼저랄 것도 없이 고개를 끄덕였다. 하루 더 머물자는 의미다. 아직도 여정이 많이 남아 있으니 급할 것 없다는 생각이었다.

아침식사를 마치고 아름드리 전나무 숲길을 따라 16세기 건축물 히딤바Hidimba 사원을 찾았다. 수학여행을 온 인도의 학생들과 피서객들로 붐볐다. 사원의 입구에는 커다란 뱀을 목에 두르거나 앙고라 토끼나 야크, 양 등으로 치장하고 관광객들을 상대로 사진 촬영을 하면서 생계를 유지해 가는 사람들이 진을 치고 있다. 사원을 참배하려고 수백 미터가 됨직한 줄을 기다랗게 늘어선 사람들을 보면서 기다림에 익숙한 인도인들의 모습이 대단하게 보였다. "빨리빨리"를 외치는 우리나라와는 너무나 대조적이다.

대한민국의 직장생활은 긴급함의 연속이다. 새해가 시작될 때마다 위기로 시작해 위기로 끝난다. 연말에 사업계획을 수립할 때마다 위기의식을 조성해 임직원들을 긴장시키고 여기에 언론이 가세한다. 그러다 보니 대한민국 직장인들은 항상 바쁘다. 새해를 위기로 출발해 봄인가 싶으면 무더위가 찾아오고 여름휴가를 다녀왔다 싶으면 어느새 찬바람이 불면서 크리스마스 캐롤이 울리기 시작한다. 그때쯤 각종 망년회에 나가다 보면 벌써 새로운 한 해가 다시 위기로 시작된다. 치열한 글로벌 경쟁에서 살아남기 위한 방편이 이해가 가면서도 연초마다 분위기를 악조건으로 만들어 위기를 타개해 나가는 방식이 식상하다.

전나무 숲길을 따라 내려왔다. 바위에서 송어낚시를 즐기고 있는 인도인의 모습이 퍽 어색해 보였다. 이곳에서 낚시를 하려면 면허증이 따로 있어야 한다던데……. 히말라야에서 녹아내린 물이 시원스럽게 흐르는 냇가에서 신발을 벗고 물에 발을 담갔다. 흘러가는 물살을 바라보고 있노라니 언젠가 여기에 왔었다는 느낌이 불현듯 들었다.

"여보, 정말로 수천 년 전부터 여기에 앉아 발을 담그라고 정해

물은 답을 알고 있다
물의 결정 사진을 촬영해서 실었던 책이 있다. 물에게 좋은 말과 음악을 들려주면서 사진을 촬영하면 아름다운 결정체를 드러내지만, 욕설을 퍼부으면서 촬영하면 일그러진 모습이 나타난다. 70%가 물인 사람도 마찬가지라고 한다.

져 있었을까?"

"글쎄요. 그렇게 물어보니까 왠지 그랬을 것 같다는 느낌도 드네요."

"어제, 로탕패스에서 인도에 오길 잘했다는 느낌을 받았어."

"어머! 나도 그랬는데. 숨막힐 정도로 아름다운 자연을 보면서 그런 생각을 했어요."

기분 좋게 아내가 맞장구를 쳐주었다.

"사실은 이번 여행을 마치고 돌아가서 다시 취업을 할지, 본격적으로 창업을 시작할지 고민했거든. 창업에 자신이 없었는데 조금 자신감이 생기는 것 같아."

아내는 말없이 고개를 끄덕여줬다. 쉽지 않은 결정이라는 것을 알면서도 아내는 언제나 내 편이다. 이국땅에서 같은 언어로 대화할 수 있는 사람이 옆에 있다는 사실만으로도 마음이 통했다. 인도는 여행자를 특별한 감상에 빠뜨리곤 한다. 아득한 옛날부터 오늘에 이르기까지 철학자와 위대한 스승을 가장 많이 배출해 온 나라이다. 철학과 종교가 복잡하게 얽혀 있는 것 같으면서도 질서가 유지된다. 어려운 말이지만 혼동과 무질서 속에서도 그들만의 방식이 있다. 다른 곳에서는 느낄 수 없는 매력이 살아 숨쉬는 곳이다.

저녁에 게스트하우스에 들어가서 이민규라는 특별한 사람을 만났다. 만약에 우리가 아침에 그곳을 떠났더라면 영원히 만나지 못할 사람이라고 생각하니 더욱 반갑게 느껴졌다. 그는 인도 오르빌 Auroville에서 거주하고 있는 한국인으로 맥그로드 간즈에서 다른 사람으로부터 우리 가족에 대한 이야기를 들었다며 단번에 알아봤다. 인도를 여행하는 한국인들 사이에 우리를 알아보는 사람이 꽤 있었는데 이동하는 코스가 비슷하기 때문이다. 레스토랑에서 식사를 같이 하면서 늦은 시간까지 대화를 나누었다.

그는 1997년에 인도에 정착했다고 한다. 인도의 오르빌은 국제 공동체의 가능성을 시험하고 있는 장소로 각국에서 모인 사람들이 집단으로 공동체를 만들어 생활하고 있는, 지구상에 하나뿐인 아주 특별한 곳이다. 이민규 씨는 한국에서 소위 말하는 386세대로 대학에서 군부독재 타도를 외치다 취업을 목전에 두고 고민하다가 오르빌에 정착하기로 결심을 굳혔다고 한다. 그에 따르면 가끔 오르빌에 오는 한국인들 중에는 본래의 취지와 무관하게 자식에게 외국어를 공부시킬 목적으로 위장해서 들어왔다가 발각되어 떠나는 사람들이 있다고 한다. 그들 때문에 입장이 난처하다는 말도 들었다. 우리의 교육열을 고려할 때 충분히 가능한 일이라 생각하니 씁쓸함이 밀려왔다. 그와 1980년대 학창시절을 이야기하다 보니 헤어진 뒤에도 대학시절의 기억이 떠올랐다.

1980년대 말에 대학에 들어간 나는 학적부 작성이 필요하다는 학교 측 요구로 '신상명세서'를 작성하면서 특별한 경험을 했다. 부모의 재산 상태를 기입하는 곳에 동산 1천만 원과 부동산 4천만 원이라 적은 다음에 생활 정도를 표시하는 란에 상·중·하에서 '중'을 골라 체크했다. 작성을 마치고 우연히 옆에 앉은 친구의 것을 어깨너머로 보게 되었다. 동기들 중에서 유일하게 학교에 승용차로 등교하던, 강남에 살던 친구는 동산 10억 원과 부동산 10억 원이라 쓰더니 상·중·하에서는 '하'에다 체크를 하는 것이 아닌가! 메가톤급 충격을 받고 말았다.

그때부터 젊은 청년의 고민은 시작되었다. 하필이면 왜 친하지도 않은 녀석이 그날 옆에 앉았는지 모르겠다 싶으면서 마음 한구석에서는 세상이 잘못되었다는 외침이 끊이질 않았다. 외삼촌 댁에 나를 맡겨두고 고향으로 내려가시면서 데모는 절대로 하지 마라고 당부하던 어머니와의 약속을 떠올리며 절제하려고 무척 노력했다. 하지만 허사였다. 『태백산맥』이나 『장길산』 같은 역사소설을 읽으면서 민주주의는 투쟁의 산물이라는 선배들의 가르침이 가슴에 와닿았다. '광주 사태'가 아닌 '광주 민주화운동'의 실체를 알게 되면서 청년의 피는 끓었다. 광주시민의 피로 태동한 군사정권이 무너뜨려야 할 적으로 보였다. 쇠파이프와 화염병을 들고 '선봉에 서서'를 부르면서 고향 어머니가 떠올라도 뜨거운 심장을 자제할 수 없었다.

　그날 밤 시큰해진 콧등을 어루만지며 어머니를 생각하다 잠자리에 들었다. 우연이었을까? 다음날 아내는 도저히 안 되겠다며 아버지 칠순에는 참석해야 된다며 여정을 크게 조정하는 것이 어떻겠냐고 물었다. 지병을 앓고 있는 어머니에게 해외로 출장을 간다고 거짓으로 고하고 출발했던 며느리의 고통도 나만큼 컸던 게 분명하다. 비행기표를 앞당기려면 처음에 계획했던 여정을 크게 흔들어야만 했다. 우리는 머리를 맞대고 여행의 동선을 수정해 나갔다.

　네팔 입국은 취소하고 태국으로 1개월 일찍 들어가 캄보디아에 다녀오는 것으로 여정을 크게 수정했다. 이미 히말라야의 설산을 감상한 마당에 15시간을 달려야 하는 네팔 입국을 취소 못할 것도 없었다. 우연히 마주친 여행자가 태국에 가거든 앙코르와트에 꼭 가라고 한 말도 반영했다. 사소하게 보였던 여행자의 말 한마디가 우리의 여정을 바꾸는 데 결정적인 계기로 작용한 것이다. 인터넷으로 항공권을 변경하고 나서야 마음이 한결 홀가분해졌다. 뭔가 잘못되었다고 판단했을 때는 빠르게 수정하는 것이 최선이라는 사실을 뼈저리게 느꼈다.

제2장

성공한 생인지
실패한 생인지
어찌 알까

여행할 장소에 대한 조언은 어디에나 널려 있지만, 우리가 가야 하는 이유와 가는 방법에 대한 이야기는 듣기 힘들다. 하지만 실제로 여행의 기술은 그렇게 간단하지도 않고 또 그렇게 사소하지도 않은 수많은 문제들과 자연스럽게 연결된다.

알랭 드 보통Alain de Boton

INDIA

Varanasi

인도 바라나시에서 만난 사두들 삶의 목적을 탐구하는 사람들을 인도에선 '선한 자'라는 뜻을 지닌 사두라 부른다. 이들은 속세를 등지고 일생 동안 수행의 길을 걷는 힌두교의 출가자를 말한다. 경제활동에 직접 참여하지 않아서 '후진적이다' vs '정신적 가치의 마지막 보루다'라는 시각이 대립하고 있다. 인도에서 600만 명에 이르는 이들과 자주 마주치다 보면 여행자들은 삶의 목적이 과연 무엇인지 진지하게 생각하게 된다. 과연 우리는 왜 사는 것일까?

신은 모든 걸
주지 않는다 _ 운명

다음 목적지인 쉼라로 가려면 북인도의 산길을 버스로 12시간 이나 달려야만 했다. 히말라야 중턱이라 쉼라까지는 기차가 운행 되지 않았다. 우리는 장거리를 한 번에 이동하는 것을 포기하고 중간에 쉬어가기로 했다. 그렇게 도착한 곳이 마날리와 쉼라의 중간 기착지인 만디Mandi라는 작은 도시다.

버스터미널에 도착할 때면 언제나 그 도시가 낯설게 느껴진다. 물론 떠날 때는 반대이지만. 만디는 관광명소를 낀 다른 도시와는 달리 호객꾼들이 상대적으로 적었다. 그래서인지 다른 곳보다 더 심하게 우리를 호기심 어린 눈으로 계속 바라봤다.

숙소부터 구하려고 행인에게 길을 묻자 무척 친절하게 알려 준다. 택시를 타지 않아도 될 만큼 아담한 도시라 포근하기까지

했다. 냇가라 부르기에는 크고 강보다는 작은 하천이 도시의 중앙을 가로지르고 있다. 높고 기다란 다리 밑에서 10여 마리의 원숭이가 수영을 즐기며 물장구를 치는 모습이 마치 사람처럼 보였다. 그 옆으로는 거지들이 움막에서 나무를 태워가며 먹을 것을 준비하고 있었다. 4개의 신분 계급에도 끼지 못하는 불가촉천민 Untouchable일 것이다. 도심에 있는 다리 밑이 그들의 살림터다. 잠시 발걸음을 멈추고 송주와 함께 원숭이가 수영하는 모습을 구경했다. 우리나라에서는 동물원에 가야 볼 수 있는 원숭이가 인도에서는 사방에 널려 있다.

처음에 찾은 게스트하우스에는 빈 방이 없었다. 두 번째도 방이 없다는 말에 당황해 혹시 도시에 축제라도 있는지 물으니 다행히 아니란다. 배낭의 무게가 점점 무겁게 느껴지기 시작할 무렵 세 번째로 찾은 게스트하우스에서 500루피를 요구했다. 도시 규모나 시설을 고려할 때 비싸게 느껴졌지만, 일단은 마음이 놓였다. 혹시나 하는 마음에 한 군데를 더 가보고도 방이 없으면 이곳으로 되돌아오기로 했다. 네 번째 찾은 곳에서 275루피로 흑백 TV까지 딸린 괜찮은 방을 구했다. 샤워를 하고 나니 조금은 살 것 같았다. 해발 800m라고 하지만 무덥다.

샤워를 마치고 도시를 바라보니 훨씬 산뜻하고 아름답게 보였다. 근처 시장에 가서 자두를 샀다. 순진해 보이는 20대의 청년장사꾼도 우리를 속이려 들지 않았다. 여행객들의 발길이 끊이지 않는 도시에서 닳고 닳은 장사꾼들과는 다른 모습이다. 시장 건너편에 힌두사원이 눈에 띄었다. 7세기 무렵에 건립됐다는 말에 이끌려 안으로 들어갔다. 많은 인도인들이 예배를 보고 있었다. 사원으로 들어서는 사람들은 문 앞의 계단에 머리를 대거나 손으로 계단을 짚은 다음에 입으로 가져가 키스를 했다. 인도인들에게 신은 그들의 생활이나 마찬가지다. 절대자로서 멀리 있는 것이 아니라 주위에 가깝게 있다. 어디를 가다가 잠시 들르거나 길거리에서도 잠깐 걸음을 멈추고 신에게 기도하는 모습을 어디서든 찾아볼 수 있다.

사원에서 나와 시장을 벗어나자 송주가 원숭이를 다시 보러 가자고 졸랐다. 녀석의 요청을 들어주려고 오솔길을 따라 걷고 있을 때였다. 가정집 2층에서 대화를 나누고 있던 중년의 신사가 송주에게 관심을 보였다.

"Hello! What's your name?(안녕! 이름이 뭐니?)"

머뭇거리던 녀석이 "송주Song-Ju"라고 정확하게 답했다. 여행을 떠나기 전에 녀석에게 두 가지는 확실하게 가르쳤다. "이름이 뭐니?What's your name?"와 "어디에서 왔니?Where are you from?"라는 질문에 대한 답변이다. 계속해서 만나는 인도인들마다 송주에게 어디서 왔냐고 물었고 녀석은 기특하게도 "한국Korea"이라고 정확히 답해 왔다. 가르친 보람이 있어 뿌듯했다. 아이에게 호감을 보이

시장에 가면

여행의 필수 코스는 현지국의 시장이다. 여기서는 서민들의 가장 자연스러운 모습을 엿볼 수 있다.

던 인도인은 우리를 자신의 집으로 초대하고 싶다며 2층에서 내려왔다. 그렇지 않아도 아내에게 현지인의 가정집을 꼭 방문해 보고 싶다고 말한 적이 있었는데, 마침내 소망이 이루어진 것이다. 2층 베란다에서 담소를 나눴다.

처음에 그는 우리에게 인도에 온 목적과 직업, 여정 등을 일방적으로 묻다가 미안했는지 자기에 대해서도 말했다. 그들은 40대 중반의 중학교 교사 부부로 생활이 괜찮은 편이라고 했다. 잠시 뒤에 반드시 손으로만 먹어야 한다는 인도의 전통음식이 나왔다. 그는 손바닥에 음식을 올려서 먹는 방법을 능숙하게 선보였다. 그를 따라하는 재미가 서로 웃음을 자아내게 했다.

대화가 무르익자 그는 집안으로 들어가자며 우리를 거실로 안내했다. 인도인의 가정집은 어떻게 생겼을까? 너무나 깔끔해서 깜짝 놀랐다. 멋진 장식물이 곳곳에 걸려 있고 창에 걸린 커튼도 아늑했다. 벽에 걸어둔 액자와 집주인의 초상화가 특히 눈에 띄었다. 거실과 침실을 거쳐 아이들 방을 소개하던 그가 갑자기 저녁식사를 아내에게 준비시켰다.

서로 눈치를 보던 우리 부부는 괜찮다고 거절했지만 그의 환대를 막을 수 없었다. 그의 아내가 저녁을 준비하는 동안 대화를 나누면서 새로운 사실을 알게 되었다. 벽에 걸린 아이들 사진을 보면서 아이의 행방을 묻자 한동안 말이 없던 그가 불행한 가정사를 털어

만디에서 현지인의 초대를 받다
인도에 혼자 갔을 때는 가정집에 초대 받지 못했지만 가족과 간 여행에서는 현지인에게 초대를 받았다. 그들과 오랫동안 대화를 나누면서 인도인들을 조금은 깊게 이해할 수 있었다. 모르는 사람이 만나서 서로 대화를 나눈다는 것은 서로에게 축복이 아닐까.

놓은 것이다.

그들은 결혼한 뒤에 자식이 없어서 동생이 낳은 자식을 데려다 키웠다고 한다. 정신병을 심하게 앓고 있던 동생의 아내를 위한 부모와 동생의 결정이었다. 그러던 어느 날 갑자기 동생의 아내가 이곳을 찾아와 두 명의 아이를 모두 죽이는 사고가 터졌다. 그 충격으로 어머니가 세상을 떠났다는 믿기지 않는 불행한 이야기를 듣고 마음이 아팠다.

"신은 모든 걸 주지 않나 봅니다. 우리는 남부럽지 않게 살고 있지만 아이들까지는 허락하지 않았죠. 그래서 세상은 공평한가 봅니다." 그가 초연한 듯한 말을 남겼다. 참혹한 가정사를 들으면서 우리가 할 수 있는 건 계속 위로해 주는 수밖에 달리 방법이 없었다. 치유되지 않을 만큼 엄청난 마음의 상처를 받았겠지만 그들의 표정은 오히려 밝았다. 그의 아내가 정성스럽게 준비한 인도의 정식인 탈리가 준비됐다는 말을 듣고 식당으로 자리를 옮겼다. 그는 식사에 앞서 우리가 손을 씻을 수 있도록 물을 떠왔다. 인도 음식이 익숙해질 무렵에 대접받은 가정식 탈리는 친숙했다. 걱정했던 송주도 혼자서 손으로 탈리를 깨끗이 먹어 치웠다.

저녁 10시가 넘어설 무렵에 그는 빈 침실을 보여주며 우리에게 자고 갈 것을 권유했다. 그 이상은 실례라며 정중하게 거절했다. 그들과 작별하려고 대문을 나서는데 갑자기 그가 주머니에서 20루피를 꺼내 송주에게 주면서 맛있는 걸 사먹으란다. 우리와 정서가 비슷해서 놀랐다. 고맙다는 말을 남기고 몇 번이나 뒤돌아보며 인사를 나누면서 헤어졌다. 그날 밤에는 호텔로 돌아오는 어두운 인도의 밤거리가 두렵지 않았다. 한국에 돌아가면 그들과 함께 찍은 사진을 꼭 보내주기로 아내와 약속했다.

호텔로 돌아와 잠자리에 누워도 잠이 오질 않았다. 따뜻하게 우리를 환대해 준 그들을 이곳에서 만난 것은 큰 행운이었다. 그들과

의 만남도 과연 오래 전부터 정해져 있었던 것일까? 아이를 잃은
슬픔을 이겨내고 밝은 모습으로 우리를 초대해 준 그들에게 축복
이 있기를 간절히 빌었다. 처음에는 자살하고 싶을 정도로 견디기

이름 모를 작은 도시
여행지에서 관광명소보다 때로는 이름 모를 중소도시에서 이름 모를 유적지와
마주하는 것이 작은 행복이 된다.

힘들었지만 시간이 모든 것을 해결해 줬다는 그의 말도 귓가를 맴돌았다. 맞는 말이다. 중요한 것은 똑같은 실수를 반복하지 않는 것이다. 직장생활을 해오면서 참으로 견디기 힘든 순간이 많았지만 지금은 아무것도 아닌 과거일 뿐이다. 업무를 추진하면서 힘들었던 순간이 떠올랐다.

'그것이 알고 싶다'라는 TV 시사 프로그램에서 진드기를 주제로 '103동 910호의 비밀' 편을 방영한 적이 있다. 눈에 보이지 않는 진드기가 침대나 소파 등에 수백만 마리씩 서식한다는 내용이었다. 문제는 진드기가 알레르기나 천식, 비염 등을 유발하는 주범이라는 것이다. 나도 모르게 '저거다'라는 생각이 퍼뜩 스쳤다. 진드기를 제거할 수 있는 신제품을 출시하면 사람들의 건강 증진에도 기여하고 회사도 돈을 벌 수 있는 좋은 상품이 될 것이다. 즉시 신제품 개발에 착수했다.

광고 대행사에 프로그램을 떠올 것을 주문하고 경연진을 보여주면서 설득했다. 주부들을 대상으로 신제품에 대한 의향을 조사해 보니 제품이 출시되기만 하면 무조건 사겠다는, 거의 완벽에 가까운 결과도 도출되었다. 더군다나 대체상품도 전무한 상황이었다. 더욱 자신감을 갖게 된 것은 일본에서는 이미 거대한 시장이 형성되고 있었다는 사실이다.

회사를 설득해 수억 원의 광고비를 TV에 투자했다. 호텔에서 진행된 신제품 설명회에 참석한 영업사원과 대리점 사장들도 모두가 성공을 확신하는 분위기가 조성되었다. 예상대로 초기 판매는 무척 고무적이었다. 경쟁사들의 유사상품 출시가 잇따르면서 새로운 시장을 개척했다는 자만심으로 생산을 대폭 늘리면서 공세를 늦추지 않았다.

그런데 아뿔싸! 특정 시점이 되자 구매가 더 이상 일어나지 않았다. 원인을 파악해 보니 파리·모기약을 뿌리면 벌레가 죽는 모습을 통쾌하게 눈으로 확인할 수 있는 데 반해 0.2mm 크기의 진드기는 죽어도 사체를 눈으로 확인할 수 없다는 데 있었다. 소비자들은 이 때문에 다시 구매하는 것을 꺼렸다. 침대나 소파에 살충제를 뿌린다는 거부감도 의외로 크게 작용했다. 공장에 판매되지 못한 재고가 산더미처럼 쌓였고, 이미 매장으로 출고된 제품도 반품이 되어 되돌아왔다. 진퇴양난에 빠지고 말았다. 오죽했으면 담배를 다시 피웠겠는가.

당시에는 쥐구멍이라도 들어가고 싶은 심정으로 자괴감에 시달렸다. 밤마다 걱정으로 잠까지 설쳤다. 그때는 잘 몰랐지만 지금은 안다. 그것은 내게 큰 가르침으로 작용했고 그 이후로는 돌다리도 두들겨보고 건너는 심정으로 의사결정을 신중하게 내렸다. 좋은 보약이 입에 쓰듯이 죽도록 아팠던 경험이 다른 히트상품을 출시할 수 있는 계기가 된 것이다.

만디를 뒤로 하고 쉼라를 경유해 리시케시Rishikesh에 도착했다. 40~50도가 넘나드는 폭염 때문에 예상과 달리 거리는 한산했다. 가장 눈에 띄는 것은 인도인들이 가장 성스러워하는 대상, 바로 갠지스강이었다. 히말라야에서 발원한 갠지스강은 수백km의 계곡을 흘러 대평원인 리시케시에 이르러서야 '갠지스강'이란 이름으로 불리기 시작한다.

'강가'라 부르는 갠지스강은 인도인에게는 아주 특별한 의미를 갖는다. 생명이 시작되는 젖줄이요, 동시에 생명을 마감하는 힌두교의 성지이기도 하다. 이방인이 볼 때는 흙탕물에 불과하지만 인도인에게 갠지스강은 성스러운 숭배의 대상이다. 강물을 마시고 키스하고 목욕하면서 속죄하는 것이 일생일대의 소원이다.

우리가 리시케시를 찾은 목적은 북인도에서 지친 몸을 쉬어가기 위해서였다. 리시케시에서는 여행에서 누적된 피로를 풀 수 있는 좋은 방법들이 있었다. 이곳은 명상과 요가의 본고장이기도 하다. 본격적으로 시작될 중앙 인도의 무더위와 싸우기 위해 체력을 확보하고 요가를 배워볼 작정이었다. 하지만 계획과 달리 리시케시에서 가장 인상 깊었던 추억은 갠지스강에서 즐긴 래프팅이다. 계획에도 없던 래프팅을 즐기게 된 까닭은 캐나다 부부의 강력한 추천 때문이었다.

우리가 캐나다 부부를 만난 곳은 함께 머물던 게스트하우스다. 옆방에 머물던 그들과 우리는 부부라는 공통점 때문에 자연스럽게 대화를 나누면서 그들이 "환상적Fantastic"이라고 표현한 래프팅에 마음이 끌렸다. 아이를 걱정하는 우리에게 두 가지 코스 중에서 거리가 짧은 50분 코스는 위험하지 않다며 적극적으로 권유했던 탓이다. 그들은 우리에게 배낭의 특별한 관리도 당부했다. 인도항공을 이용해 이곳으로 오는 동안에 비행기에서 짐을 잃어버렸는데 아무리 하소연해도 항공사 측의 반응이 냉담하다며 무척 억울해했다.

래프팅에 도전하기로 결심하고 그들이 알려준 여행사를 찾아가 50분 코스에 1인당 450루피, 총 1,350루피(32,000원)에 예매했다. 이곳이 인도인 것을 생각하며 보트가 전복됐을 경우를 대비해 아이의 안전을 물어보니 카약 3대가 별도로 따라붙어서 만일의 경우를 대비하기 때문에 조금도 걱정할 게 없다며 "노 프라블럼No problem"을 연발했다.

다음 날 아침 우리는 짐을 가득 실은 지프를 타고 30분가량 강을 거슬러 올라갔다. 운전기사를 포함해 여행사 직원으로 보이는 5명과 우리 가족이 전부다. 우리 가족만을 위한 래프팅을 즐길 수 있는 행운을 잡은 것이다. 보트가 조립되는 사이 구명조끼를 입으면서 갠지스강을 바라보는데 생각보다 높은 파도와 빠른 물살이 두렵게 느껴졌다. 이때 래프팅 장비를 착용하면서 송주의 표정이 굳어지기 시작했다. 칭얼대면서 자기는 하기 싫다고 떼를 쓰다가 겁에 질린 녀석이 급기야 울음보를 터뜨리고 말았다. 녀석을 달래고 협박하고 구슬렸지만 그럴수록 울음 소리는 커졌다.

보트에서 이를 재미있게 지켜보던 래프팅 리더가 배에 오르라는 신호를 보냈다. 아내가 먼저 타서 왼쪽을 맡고 녀석과 함께 탄 내가 오른쪽을 맡았다. 공포심에 사로잡혀 울고 있는 송주를 가운데에 앉혔다. 리더가 노 젓는 방법과 안전교육을 진행하는 동안 머리에는 온갖 상념이 떠나질 않았다. 송주가 떨어지지 않도록 보트에 끈으로 묶는 것이 안전하지 않을까? 그랬다가 만약에 배가 뒤집히기라도 한다면? 이걸 왜 시작했지? 지금이라도 그만둘까? 아니면 녀석만이라도 내리게 할까? 그러는 사이 바위에 묶어 두었던 끈이 풀리면서 보트가 빠른 물살을 타고 떠내려가기 시작했다.

강가에 수직으로 솟은 바위가 말해주듯 물살은 거세고 파도는 높았다. 갑자기 배가 뒤집힐 듯한 강한 파도가 보트를 때렸다. 가운데 앉아 있던 송주가 보트 앞쪽으로 꼬꾸라졌다. 녀석은 우리에게 자기 위험을 알리려는 듯이 목청껏 울어댔다. 순간적으로 당황한 나는 두 손으로 잡고 있던 노를 재빨리 놓고 녀석의 허리를 잡아 다시 가운데에 앉혔다. 옆에서 이를 지켜보던 카약이 만일의 사태를 대비해 보트 옆으로 바싹 붙었다. 위험하면서도 짜릿한 순간은 계속되었다. 강가에서 명상에 빠진 사두의 모습이 곳곳에서 눈에 띄었다. 우리를 향해 손가락으로 가리키며 뭐라 외치는 사두도 있다. 갠지스강을 모욕하는 래프팅을 중단하라는 꾸지람처럼 들렸다.

리시케시의 상징인 '락쉬만줄라Lakshman Jhula'가 보이기 시작하면서 강물이 부드러워졌다. 언제 그랬냐는 듯이 평온이 찾아왔다.

리시케시 락쉬만줄라
히말라야 설산에서 출발한 물이 대평원인 리시케시에 이르러서야 비로소 '갠지스강'이란 이름을 얻는다. 요가로 유명한 이곳에는 수행자들의 공동체인 아쉬람Ashram이 강변을 따라 길게 자리잡고 있다. 명상과 요가야말로 자신을 지배할 수 있는 근원이다.

그제서야 녀석도 울음을 그쳤다. 리더의 권유로 갠지스강에 몸을 던진 아내는 무척 행복해 보였다. 너무 시원하다며 내게도 강으로 들어오라고 손짓했지만 내키지 않았다. 강가 주변에서 가부좌를 틀고 참선에 빠진 사두가 왠지 신경이 쓰였다. 인도인들의 성수인 갠지스강에서 그렇게 우리는 잊을 수 없는 추억을 만들었다.

리시케시를 떠나기 전 두 가지 루트를 놓고 고민하던 우리는 북인도에서 교통의 허브라 부르는 하리드와르Haridwar로 향했다. 거기서 교통편에 따라 여정을 다시 잡기로 했다. 럭나우Lucknow로 가서 켈커타로 진입해 북인도를 가로지르는 동선과 다시 델리를 경유해 '아그라Agra'에 들러 중앙인도를 가로지르는 코스가 있었다. 서로 장단점이 있지만 40도가 넘는 중앙인도의 날씨를 고려할 때 마음은 럭나우 쪽으로 기울었다.

하리드와르 기차역은 교통의 중심지임을 입증이라도 하듯 수많은 인파로 넘쳐났다. 1년에 한 번씩 열리는 축제 기간까지 겹쳐 창구마다 꼬리를 물고 길게 늘어선 줄이 광장 앞까지 이어진 것을 보고 한숨이 절로 나왔다. 기다림에 익숙한 인도인이 아니라서 기다릴수록 마음이 초조해졌다. 사전에 축제를 점검하지 않은 것을 후회해도 소용없는 일이었다. 달리 방법이 없었던 우리는 무작정 기다릴 수밖에 없었다.

인도에서 장거리로 이동할 때는 버스보다 기차가 훨씬 안전하고 편했다. 북인도 산악지대를 여행하면서 불가피하게 버스를 이용해 왔지만 지금부터는 기차를 이용할 생각이었다. 1시간 이상을 기다려 창구 직원에게 들은 말은 황당했다. 이쪽이 아니라 저쪽 줄이라는 것이다. 어찌하랴. 이전에 줄을 잘못 알려준 사람을 원망해도 하소연할 곳도 없었다. 기다린 시간이 아깝고 분했다. 그때 아내가 귀에 대고 속삭였다. "이것도 수천 년 전에 정해진 신의 뜻이라고 생각하세요." 아내의 말대로 생각하니 차라리 마음이 편해졌다.

옆에서 우리를 안타깝게 지켜보던 어느 인도인이 자기 앞에 서서 먼저 알아보라며 자리를 비켜주었다. 그의 뒤에서 기다리고 있던 다른 인도인들도 모두가 괜찮다며 동의하는 눈치다. 이방인에게 베푸는 그들의 친절이 고마웠다. 기차표는 우려했던 대로 럭나우도, 아그라도 모두 매진된 상태다. 매표원이 가르쳐준 방법은 다음 날 델리로 가는 심야좌석을 타고 그 다음날에 아그라로 가는 기차를 타라는 방법이다. 이동하는 데 시간을 허비하는 것이 싫었다. 지체할 수 없었던 우리는 하는 수 없이 근처에 있는 버스터미널로 향했다.

앗! 그곳은 더 지옥이었다. 어린아이부터 노인에 이르기까지 수많은 사람들이 버스가 터미널로 들어설 때마다 우르르 몰려다니다가 넘어지고 밟혔고, 창문으로 타는 사람과 지붕에 올라가서 짐을 묶는 사람이 얽혀서 거의 아수라장이다. 내가 좋아하는 '철학의 나라' 인도는 거기서 조금도 찾아볼 수 없었다. 설상가상으로 럭나우행 버스는 아예 없단다. 20분 간격으로 운행되는 델리행 버스로 대부분의 사람들이 몰렸다. 현지인들처럼 창문으로 버스를 타볼까 시도했지만 버스를 3대나 그냥 보내야 했다. 현지인들과 경쟁하면서 버스를 타는 것 자체가 불가능해 보였다. 더군다나 아이 때문에 엄두가 나지 않았다. 결국 포기하고 금강산도 식후경이라며 점심을 먹으면서 생각해 보기로 했다. 식당을 찾아 터미널을 벗어나려 할 때였다. 어디선가 "아그라!" 하고 외치는 소리가 들렸다.

맘에 안 들면
과감히 돌아서라 _ 협상

아내도 "아그라"라는 외침을 들었는지 눈을 크게 뜨고 내게 눈짓으로 물었다. 아내의 물음에 분명 들었다고 고개를 끄덕였다. 아그라에 가려면 반드시 델리를 경유해야만 된다고 알았던 우리는 뛸 듯이 기뻤다. 이리저리로 주위를 둘러보면서 목소리의 주인공을 찾았다. 터미널의 맨 구석진 곳을 확인하고 재빨리 달려가 정말인지부터 물었다. 차장은 인도인 특유의 미소와 함께 버스에 타라는 신호를 보냈다. 다행스럽게 버스에는 좌석도 많았다. 도착하려면 얼마나 걸릴지 묻자 영어가 서툰 기사가 손가락으로 시계 바늘 1과 3을 콕콕 찍어 가리켰다. 아무래도 그가 우리의 질문을 잘못 이해했다고 아내에게 말하려는 순간 기사가 우리를 다시 부르더니 시계의 1과 3을 콕콕 찍어 가리켰다가 손가락을 한 바퀴 돌렸다. 그제서야 우리는 오후 1시에 출발해서 새벽 3시에 도착한다는 신호를 알았다. 14시간 동안이나 버스를 타면 초죽음이 될 게 뻔했다.

에어컨은 당연히 없고 의자도 불편하다. 그래도 우리는 행복했다. 누가 먼저랄 것도 없이 손뼉을 힘껏 마주쳤다. 어찌 기쁘지 않으랴. 조금 전까지만 해도 아무 대책이 없던 상황에서 신의 축복이라며 감사한 마음까지 들었다. 아무것도 모를 거라고 여겼던 송주도 "엄마 아빠, 우리 이 버스에 탈 거야?"라며 좋아했다. 우리를 지켜보던 차장도 엄지손가락을 치켜세웠다. 차비를 묻자 손가락으로 'V'자를 두 번 반복했다. 1인당 200루피란 말이다. 아이의 차비는 묻지 않았다.

출발시간이 30분가량 남아서 점심을 먹으러 갔다. 식당은 많았지만 깨끗해 보이는 식당은 보이지 않았다. 한참을 둘러보다가 그나마 괜찮아 보이는 식당으로 들어갔다. 자리를 잡자 송주보다 한두 살이 많아 보이는 아이가 다가오더니 행주인지 걸레인지 모를 듯한 천으로 식탁을 쓱쓱 닦았다. 스테인리스 잔을 가져와 물을 따르려는 것을 가로막았다. 미네랄워터를 보여주며 괜찮다고 말했다. 마시지도 않을 물을 아끼려는 거다. 음식을 적은 메뉴판이 없어 주위를 둘러보면서 다른 사람들이 먹고 있는 탈리를 주문했다. 값을 물으니 30루피로 현지인과 비슷한 가격이다. 탈리가 나오는 틈을 이용해 물을 사러 나왔다. 14시간이나 버스를 타려면 미리 물을 사두어야 했다. 1리터를 가리키자 20루피라며 두 배의 값을 요구했다. 대꾸 없이 돌아서자 15루피로 낮춰 불렀다. 내가 10루피를 원하자 그럼 12루피에 가져가라며 물을 건네준다. 인도에서 터무니없는 값을 요구할 때는 대꾸하지 말고 바로 돌아서야 한다는 사실을 나는 이제 알고 있었다.

식사를 마치고 버스로 돌아와 앉자 늙은 사두가 차창 밖에서 우리에게 돈을 달라는 시늉을 보냈다. 인생의 궁극적인 목적과 삶의 의미를 찾아 떠돈다는 저들은 얼마나 행복할까, 라는 생각이 들었다. 일각에서는 그들을 무능력한 거지라고 욕하지만, 한편으로는 그들이 있기 때문에 인도가 지구상에서 철학적 가치가 살아 있는 마지막 보루라고 말하기도 한다. 그래서인지 그들과 마주칠 때마다 철학적 문제를 깊게 고민하지 않을 수 없었다. 아내가 차창 밖으로 5루피를 건네자 늙은 사두는 성호를 그으면서 돈에 키스하더니 한참 동안이나 차창 밖에서 우리를 위해 기도해 줬다. 아내는 무사히 여행하라는 기도 같다며 감동하는 눈치다. 듣고 보니 기분이 든든해졌다.

드디어 버스가 출발했다. 10여 분이 지나 갠지스강에 버스가 이르렀을 무렵에 차가 멈춰 섰다. 운전기사가 앞서가고 승객들도 약속이라도 한 것처럼 물통을 들고 강물로 가더니 물통마다 강물을 가득 채워서 버스로 돌아왔다. 기도를 하거나 목욕을 할 때 한 방울씩 넣어서 사용하려는 것이다. 그들의 정성 어린 모습을 보면서 갠

묵묵히 돌을 다듬고 있는 인도인
"바위 뒤에 숨겨진 꽃을 볼 수 있는 눈을 지녀야 한다"는 고故 문익환 목사의 말을 기억해야 한다. 인도의 지천에 널린 유네스코 세계문화유산을 보면서 고생했을 수많은 민초의 노고와 원성이 들리는 듯했다.

지스강에서 래프팅을 즐긴 게 미안한 생각이 들었다. 똑같은 강을 바라보면서 현지인과 이방인의 관점이 이렇게도 다를 수 있다는 사실이 놀랍다. 모든 것은 생각하기 나름인 것 같다.

직장에서 인사고과를 진행하면서 무척 힘들었던 경험이 있다. 1년 동안 직원들의 업무성과를 평가해 점수를 할당하는 것은 상사들에게는 고역이다. 평가를 받는 직원들이 기대하는 것과 평가를 하는 상사들이 생각하는 것이 서로 다르기 때문이다. 객관적으로 냉철하게 평가하는 것이 중요하겠지만 상사들도 사람인지라 외적인 요소에 상당히 영향을 받는다.

직원들이야 자신의 입장만을 고려하겠지만 관리자라면 조직이나 부서원 전체를 보고 효율적으로 판단해야 한다. 상대평가를 할 때 일을 잘한 사람에게 높은 고과(A)를 주는 것보다 어려운 것이 일을 못한 사람에게 주는 낮은 점수(C)를 누구에게 할당할 것인가 하는 문제다. 업무성과도 중요하지만 승진이 걸려 있거나 지난해에 승진에서 누락된 직원이 있다면 그부터 챙겨주고 싶은 것이 솔직한 사람의 마음이다.

부서원들과 인터뷰를 마치고 상사와 인사고과를 협의하는 과정에서 의외의 사실을 알게 되었다. 부서원 중에서 인사평가가 끝나면 다른 부서로 이동하기로 확정된 사람이 있다는 말을 상사로부터 듣게 된 것이다. 뒤통수를 맞은 심정이었다. 그것도 모르고 그에게 높은 고과(A)를 줘야만 하는 이유를 상사에게 장황하게 설명하다가 직원들 관리나 잘하라는 뼈아픈 말을 들은 것이다. 마음이 쓰리고 아팠다. 짐작컨대 부하직원은 비밀이랍시고 누군가에게 자신의 속내를 털어놓았을 테고, 그 말이 사내에서 돌고 돌아서 상사의 귀에까지 들어간 것이 분명했다. 나와 면담하면서도 전혀 내색하지 않았던 그에게 배신감을 느꼈다.

그때는 한동안 괴로웠지만 지금에서야 알 것 같다. 그에게 문제가 있었던 것이 아니라 내 리더십에 문제가 있었음을. 오죽했으면 다른 부서로 옮기려고 했을까? 일 욕심이 많아서 다른 팀장들보다 높은 고과를 받아야 된다는 일념으로 저돌적으로 업무를 추진하는 과정에서 성과를 낼 목적으로 부서원들을 심하게 재촉한 것이다. 별 생각 없이 내뱉은 말이 그들에게 어떤 상처를 주었을지 그때는 개의치 않았다. 왜 그렇게 살아왔을까? 부서원들에게 엽서라도 하나씩 보내주기로 마음먹었다.

북인도를 출발한 버스가 3시간 만에 처음으로 휴게소에 들렀다. 무릎 위에 앉은 송주를 보면서 이렇게 고생스러울 줄 알았다면 아이의 요금을 지불하고 넉넉히 앉을 걸 그랬다는 생각이 들었다. 인도에서는 어림없는 일인데도 말이다. 아이의 요금을 미리 지불했어도 아이가 혼자 앉아 가는 것이 인도에서는 통하지 않는다. 버스나 기차에서의 좌석은 먼저 앉을 수 있는 특권이 주어질 뿐 비용을 지불했다고 하더라도 혼자 앉을 수 있는 곳이 아니다.

인도 버스는 종류에 따라 다르지만 대부분 통로를 기준으로 2개와 3개씩 좌석이 배열돼 있다. 그렇다고 인도가 우리나라보다 버스 폭이 넓은 것은 아니다. 오히려 더 좁고 좌석도 뒤로 넘어가지 않는 딱딱한 고정형이다. 황당한 것은 3명이 앉기에도 비좁은 자리에 4명은 기본이고, 2명이 앉는 자리에도 3명씩 앉는다는 것이다. 설령 좌석이 정해진 버스라 해도 늦게 탄 사람이 엉덩이를 들이대면서 서슴없이 끼어 앉는 곳이 인도다. 송주의 요금을 지불하는 것과 자리를 차지하는 것이 실제론 아무런 관련이 없는데도 아이를 무릎에 앉혀 가는 것이 너무 힘이 들었다.

버스가 인도의 광활한 대지를 지겹도록 달렸다. 해외로 출장을 다닐 때 타던 좁은 비행기 좌석보다 불편한 자세로 송주를 안고 있으니 거의 미칠 지경이었다. 무릎 위에서 잠들어 있는 녀석도 불편한지 계속 들썩거렸다. 끝없이 넓게 펼쳐진 초원의 사탕수수 밭 너머로 어둠이 내리기 시작했다. 이들의 드넓은 땅이 부럽기도 하고 무척 아름다웠다.

그때 송주가 눈을 번쩍 뜨더니 갑자기 '끙'이 마렵다고 성화다. 참으라고 한참을 달래는 사이에 버스가 주유소에 멈춰 섰다. 사람들이 버스에서 내려 어디론가 용변을 보러 가기 시작했다. 녀석을 데리고 버스에서 내린 나는 막막했다. 어두운 풀 속으로 들어가자니 코브라가 나올 것 같고 버스 가까이에서 대변을 보기에는 녀석이 너무 컸다. 하는 수 없이 버스에서 적당히 떨어진 곳에서 바지를 벗기고 용변을 보게 했다. 용변을 보던 녀석이 갑자기 울어대기 시작했다. 모기가 자꾸만 엉덩이를 쏜다는 것이다. 나는 모기를 쫓으면서 송주가 조금이라도 빨리 끝내주기를 기다릴 수밖에 없었다.

밤 1시가 넘자 머릿속에 아무런 의식도 없다. 버스를 탄 지 꼬박 12시간이 지났으니 몸도 마음도 지쳤다. 서울에서 부산까지 5시간만 달려도 지치는데 광활한 인도의 대륙이 지겹다. 50대를 넘었을 법한 사두가 옆자리에 앉더니 내게 몇 시냐고 묻는다. 대답하기 귀찮아서 시계를 찬 손목을 내밀면서 보라고 손짓하자 갑자기 화를 버럭 냈다. 말하지 않고 팔을 내민 것이 꽤나 불쾌했나 보다. 미안하다며 시간을 말해주자 씩 웃는다. 자고 있는 아내나 송주와 달리 나는 잠을 이루지 못했다. 도착하면 숙박을 어떻게 해결할지 고민이었기 때문이다. 타즈마할이 있는 아그라는 인도에서도 사기꾼이 가장 많기로 악명 높은 곳으로 가장으로서 가족의 안전을 책임져야 한다는 부담감을 떨칠 수 없었다.

비몽사몽에 꿈인가 싶더니 버스가 갑자기 소란스러워졌다. 드디어 버스가 최종 목적지인 아그라에 도착한 것이다. 무려 14시간

세계문화유산 타지마할을 보면서
여행하면서 마주친 세계문화유산을 볼 때면 신비로움에 숨이 턱 막힌다. 그때 가장 먼저 떠오르는 얼굴이 부모님이다. 그때마다 나는 아이를 꼭 안아줬다. 사랑은 물려받는다고 하지만 부모의 사랑을 어찌 자식이 따라갈 수 있겠는가? 그분들께도 이렇게 멋진 광경을 보여드려야 할 텐데.

을 달려 도착한 아그라! 좋아서 눈물이 날 지경이다. 시계를 보니 새벽 2시 50분이다. 우리보다 아그라에 도착한 것을 더 좋아하는 사람은 눈이 벌겋게 충혈된 운전기사다. 그는 마치 개선장군이라도 되는 것처럼 우리에게 손을 높이 들더니 크게 흔들어주면서 주차장으로 향했다. 우리는 고개를 숙여서 몇 번이나 인사하면서 고마운 마음을 전했다. 우리보다 그가 훨씬 힘들었을 것이다.

'타지마할 2km'라 적힌 이정표를 보니 정말로 아그라에 도착한 것이 맞았다. 인도를 찾는 여행자들이 가장 많이 찾는다는 관광도시 아그라. 그것을 증명이라도 하듯 그 시간까지도 손님을 기다리던 호객꾼들이 우리를 보자 벌떼처럼 몰려와 흥정을 벌이기 시작했다. 인도라는 나라가 원래 그런 곳이려니 하면서도 지겹게 느껴졌다.

우리는 우선 짜이를 팔고 있는 가게의 의자에 걸터앉았다. 릭샤꾼들은 주위를 서성이면서 우리가 차를 빨리 마셔주기를 기다렸다. 아그라에서 릭샤꾼과 게스트하우스 주인은 밀착관계라고 적혀 있던 가이드북 내용이 떠올랐다. 외국인 여행자를 호텔로 데리고 오면 주인이 돈을 주는 대신에 방값을 올린다는 것이다. 심지어 못된 주인은 음식에 해로운 약을 타서 의사를 불러주고 비싼 치료비를 청구하는 수법으로 여행자를 괴롭힌다고 나와 있었다. 아내는 여기서 날이 밝아올 때까지 밤을 새우자고 했지만 그럴 수 없는 노릇이었다. 짜이 값을 묻지 않고 10루피를 지불하고 돌아섰다. 주위를 서성이던 릭샤꾼들에게 우리가 인도를 잘 알고 있는 익숙한 여행자라는 것을 보여주려는 의도다. 만일 짜이 값을 물어봤다면 틀림없이 더 많은 돈을 요구했을 것이고 주인과 흥정이라도 할라치면 호객꾼들 중에서 누군가는 분명 흥정을 주선해 주겠다고 나섰을 게 뻔했다. 인도의 장사꾼이나 호객꾼들은 여행자의 옷차림이나 여행 기간, 인도에 다녀간 횟수 등을 어림잡아 가격을 부른다. 마날리에서 만난 여행자는 5루피 이하인 짜이 값을 한 달간이나 10루피씩 주고 마셔왔다는 말도 했다.

가이드북을 내밀며 짜이를 파는 주인에게 길을 물었다. 역 근처에서 가까운, 마음에 둔 게스트하우스를 직접 찾아나서려는 것이다. 안내를 받고 2km 남짓한 거리에 있는 게스트하우스 쪽으로 방향을 잡았다. 호객꾼들은 아주 황당하다는 표정을 지었다.

터미널에서 멀어지자 인적이 드물고 불빛도 어두워져서 두려운 마음이 들었다. 우리를 집요하게 따라오던 릭샤꾼의 말투도 점점 거칠어졌다. 나중에는 거의 협박하는 투로 변했다. 그쪽으로 가면 미친개가 많아서 물릴 수 있고 강도도 많다는 것이다. 송주는 말없이 따라왔지만 눈이 큰 아내는 잔뜩 겁을 먹은 눈치다. 그때 조금 떨어진 곳에 게스트하우스가 눈에 띄었다. 가이드북에 나와 있지는 않았지만 찬밥 더운밥 가릴 상황이 아니었다.

정문으로 다가가 노크를 하면서 주인을 크게 불렀다. 잠시 뒤에 주인이 눈을 비비면서 나오다가 시계를 봤다. 방을 확인해 보니 그런대로 묵을 수 있을 듯했지만 아내의 표정은 굳어졌다. 내가 확인한 것은 방의 안전이었지만 아내는 조금이라도 깨끗한 곳을 원하는 것 같았다. 방의 냄새가 좋지 않았고 조금 깨어진 유리창에는 방충망도 없었다. 잠시 망설이던 아내는 내게 괜찮다며 고개를 끄덕였다.

주인은 방값으로 350루피(8,300원)를 불렀고 나는 300루피면 될 듯해서 250루피를 불렀다. 주인은 내 말을 들은 척도 하지 않았다. 나는 아이의 손을 덥석 잡고 정문으로 향했다. 협상이 끝났음을 나타내는 행동이다. 정문에는 그때까지 우리를 위협했던 호객꾼이 기다리고 있는 상황이었다. 그러자 주인은 300루피에 자고 가라며 키를 건네주면서 총총걸음으로 우리를 따라나왔다. 못이기는 척 돌아서 키를 받고서야 마음이 놓였다. 만약에 주인이 뒤따라오지 않았더라도 그가 부른 값으로 그곳에서 묵을 작정이었다. 인도에서는 가격을 흥정할 때 쇼맨십이 필요하다는 것을 알고 있었기에 가능한 협상이었다.

방안에서 여장을 풀면서 아내가 나를 칭찬해 줬다. 주인이 다시 잡지 않으면 어떻게 할지 마음을 졸였다는 것이다. 샤워를 마치고 침대에 누웠다. 인도를 여행할 때는 흥정이 매우 중요하다는 생각이 들었다. 물품을 사거나 교통수단을 이용하고 심지어 음식을 먹고 난 뒤에도 협상에 따라 가격이 정해졌고 그에 따라 기쁨도 달라졌다. 그것은 직장에서도 마찬가지다.

신상품을 출시해 TV 광고를 진행할 때 다른 회사로부터 클레임을 받은 적이 있다. 자신들의 상표와 사실상 동일한 브랜드를 사용했다는 주장으로 상표권 침해의 가능성을 제기하고 나선 것이다. 확인해 보니 신제품 이름을 지을 때 법무팀에서 이미 점검했던 사안으로 문제될 소지가 없어 보였다. 내 말을 묵묵히 듣고 있던 상사는 내게 그들과의 회의를 잡으라고 지시했다. 만나볼 필요가 없다고 설득했지만 상사의 주장은 완강했다. 속내를 알 수 없었지만 회의를 진행하면서 상사의 협상력에 탄복하지 않을 수 없었다. 그들과 상견례가 끝나고 그들의 요구사항을 묵묵히 듣고 있던 상사는 결론부터 솔직하게 털어놓으며 협상을 주도해 나갔다.

상사의 주장은 간결했다. 상표권 분쟁은 서로에게 소모전일 뿐이다. 상표권은 아전인수我田引水 식 해석이 가능하기 때문에 오히려 두 회사가 파트너십으로 상생win-win할 수 있는 방법을 찾자는 제안이었다. 위기를 기회로 돌파하려는 상사의 거침없는 협상을 지켜보면서 비즈니스를 해나가는 방법을 배웠다.

이에 대해 상대편 회사도 말을 돌리지 않고 솔직하게 속내를 털어놓았다. 공문서로 특허권 침해를 언급한 것은 문제 제기에도 불구하고 우리 회사가 답변이 없어서 그랬다며 업무협력을 기대하는 적극적인 자세를 보였다. 회의는 순조롭게 진행되었고 마침내 양사는 신문에 보도될 정도로 큰 업무협정식을 체결했다. 판단하기에 따라 기업간 법적 다툼으로 번질 수도 있는 문제를 오히려 제휴를 추진하는 계기로 이끌어내는 상사로부터 협상의 중요성을 몸소 체험할 수 있었다.

'틀리다'와
'다르다'는 다르다 _ 공감

어느덧 여행을 떠나온 지 한 달이 지나갔다. 출발할 때만 해도 3개월의 여정이 무척이나 길게 느껴졌지만 어느새 3분의 1이 지났다고 생각하니 만감이 교차했다. 델리에 도착해 북인도를 가로지르며 달려온 시간이 주마등처럼 떠올랐지만 이미 과거가 되어버린 시간이다. 중요한 것은 남은 여행을 후회 없이 마음껏 즐기는 것이다.

인도의 문화와 사람들이 살아가는 모습도 이젠 익숙하게 다가왔다. 무사히 지나온 한 달을 기념할 겸 오랜만에 웨이터가 있는 고급 레스토랑에 저녁을 먹으러 갔다. 한국의 물가와 비교하면 전혀 부담스럽지 않은데도 메뉴판에 적힌 가격을 보면 소심해졌다. 하룻밤 방값이 떠오르면서 사치라는 생각이 들었기 때문이다. 가난한 사람들을 너무 많이 봐서 그럴지도 모른다. 소심한 마음을 떨치고 송주와 아내를 위해 큼직한 아이스크림을 주문했다.

식사를 마치고 일어서려고 하자 주위를 서성이던 웨이터가 다가와 음식 값에 팁이 들어가 있지 않다는 말을 나지막이 속삭였다. 노골적으로 팁을 달라는 말이다. 인도는 원래 팁이 없는 문화였지만 공개적으로 팁을 달라는 상황과 마주하자 잠시 머뭇거렸다. 그에게 팁을 줘야 할 만한 특별한 서비스를 받지 않았지만 마지못해 10루피를 테이블에 놓고 일어났다. 인도에서는 돈을 손으로 건네받지 않고 테이블에 놓는 것이 문화다. 밖에 나오자 아내가 말했다.

"여보, 주기 싫으면 안 줘도 돼요."

"우리나라가 팁에 익숙지 않은 문화이다 보니 아무래도 팁을 주는 게 어색하단 말이야. 팁이란 좋은 서비스를 받았을 때만 주는 거라고 알고 있지만 400루피가 넘는 식사를 하고도 팁을 안 주면 짠돌이라고 욕할까 봐 체면 때문에 줬어. 베풀면서 살면 좋잖아."

해외에 나갈 때마다 팁은 내게 어려운 숙제다. 줘야 할지 말아야 할지 판단이 어렵고, 준다면 또 얼마를 줄지도 항상 고민거리였다. 인도가 특히 그랬다. 장난을 치면서 앞서 걷고 있는 아내와 아들을 따라가면서 사람들이 살아가는 방식이 서로 다른 이유에 대해 생각해 봤다. 인도 문화가 우리와는 너무도 달랐기 때문이다.

우리나라 사람들은 복숭아빛이 나는 황토색을 '살색'이라고 부른다. 하지만 미국이나 아프리카에 거주하는 외국인에게 살색Skin

모두
살색입니다

**외국인 근로자도 피부색만 다른 소중한 사람입니다
돌아가서 우리나라를 세계에 알릴 귀한 손님입니다**

우리민족은 약소국의 설움을 누구보다 잘 알고 있습니다.
일제시대의 아픔이 아직도 우리가슴에 아물지 않고 남아있습니다.
그래서 요즘 심심찮게 들려오는 외국인 노동자 인권유린의 소식들은
더욱 우리의 마음을 아프게 합니다.

우리나라에 온 귀한 손님들에게 동방예의지국의 미덕을
다시 한번 보여줄 때입니다.

 공익광고협의회
한국방송광고공사

문화란 서로 상대적인 것이다

한국인은 다른 나라의 문화에 대해 어떻게 생각할까? 외국인 노동자에 대한 한국인의 편견은 매우 심하다. "외국인 근로자도 피부색만 다른 소중한 사람입니다. 돌아가서 우리나라를 세계에 알릴 귀한 손님입니다"라는 포스터의 메시지를 기억했으면 한다. 사진은 제20회 대한민국 공익광고 대상작 '살색 크레파스', LG애드 작.

color을 물으면 흑인은 검정Black을, 백인은 흰색White을 살색이라고 대답할 것이다.

지구상에서 가장 독특하고 특이한 문화라는 인도의 카스트 제도도 색깔에서 기인했다고 한다. 기원전 3000년경 북인도를 침범한 아리아인들은 유럽과 같은 백인종으로 원주민을 지배할 목적으로 '바루나'라는 신분 제도를 만들었고 이것은 산스크리트어로 '색'을 뜻한다. 그 뒤로 인도인들은 피부색에 따라 자연스럽게 계층이 정해졌고 오랜 세월이 흐르면서 사회적인 기능에 따라 4계급으로 체계화된 것이다. 인도인들이 흰색 피부를 선호하는 것도 이러한 배경이 작용하고 있다고 한다.

인도의 카스트 제도는 종교 의식을 담당하는 '브라만'을 시작으로 군사나 정치를 담당하는 '크샤트리아', 상공업에 종사하는 평민층인 '바이샤', 노예 계급인 '수드라'로 구분된다. 그나마 여기에도 끼지 못하고 제5계급으로 부르는 불가촉천민의 수는 거의 2억이 넘는다. 여행을 다니면서 불가촉천민의 실상을 목격할 때면 가슴이 아릴 정도로 측은한 마음이 든다. 그들은 집도 없이 천막에 의지해 살아가고 있다.

영국으로부터 독립한 이후에 헌법에서는 카스트 제도를 엄격히 금지했다고 하지만 명분일 뿐 아직까지도 사회 저변에 깊게 깔려 있다. 대한민국이 지구상에서 빈부 격차가 가장 크다는 주장이 간혹 들리지만 모르는 소리다. 인도를 알면 그런 말을 함부로 못한다. 인도의 사회는 모든 것들이 체계적으로 등급화되어 있다. 사람들이 가장 많이 이용하는 기차 요금이 좋은 사례다. 인도 기차는 우리와 달리 무더위 속에서 장거리로 운행하기 때문에 에어컨과 침대의 유무에 따라 가격이 조정된다. 에어컨이 있는 침대차가 가장 비싸다. 저렴한 객차와의 가격 차이가 무려 30배에 이른다. 비싼 가격 때문에 서민이 일등석을 이용하는 것은 거의 불가능에 가깝다. 이것은 숙박이나 음식은 물론 의복이나 음식의 가격에도 비슷하게 적용된다.

그런데 정말 이해가 되지 않는 것은 인도인들은 자신의 삶에 만족한다는 사실이다. 행복의 척도를 소유나 경제적인 부富, 사회적인 지위와 항상 연결시키려는 우리와는 차원이 다르다. 물론 인도에서도 서서히 돈이 영향력을 발휘하는 분위기가 형성되고 있지만 철학적 가치가 아직까지도 문화 저변에 깔려 있다.

게스트하우스로 걸어가고 있을 때 대낮처럼 불을 환하게 밝히고 인도인들이 무언가를 열심히 준비하는 모습이 보였다. 특별한 축제가 있는 게 분명했다. 확인해 보니 한여름 밤에 열리는 결혼식이다. 한 남자가 기웃거리는 우리에게 다가와 어디서 왔냐고 묻길래 한국(Korea)이라고 답하자 손을 내밀며 즉석에서 우리를 초대하는 것이 아닌가. 자신을 신부 오빠라고 소개하면서 예식이 9시 30분부터 시작된다며 들어와서 축제를 함께 즐기자는 것이다. 시계를 보니 1시간 이상을 기다려야 했지만 기꺼이 예식장 안으로 들어갔다. 인도인들의 결혼 문화는 어떨지 무척 궁금했기 때문이다. 그 나라의 문화를 이해하려면 직접 참가해 보는 것이 최선이라는 생각으로 예식장 안으로 들어섰는데 깜짝 놀랐다.

야외에서 벌어지고 있는 예식장 규모가 800평이 넘어 보였다. 그곳에는 부페식 음식이 'ㄷ'자 모양으로 엄청나게 준비되고 있었다. 우리를 더욱 놀라게 만든 것은 음식이 아니라 신부가 가져갈 혼수를 땅바닥에 쫙 펼쳐놓은 이색적인 장면이다. TV가 포함된 가전제품부터 가구와 식탁, 소파는 물론 심지어 빨래집게까지 없는 게 없어 보였다. 적어도 이방인 눈에는 하객들에게 "나 이만큼 준비했소!"라고 외치는 것처럼 보였다. 황당해하는 우리에게 신부 오빠는 '문화의 차이'를 언급하면서 상황을 설명하려고 애썼다. 그를 안심시키려고 "우리도 너희와 비슷하다"고 말해주자 안심하는 눈치다.

예상치 못한 불청객이 된 우리는 예식장에서 인도인들의 주목을 한 몸에 받았다. 호기심 많은 그들에게 어디서 왔는지 똑같은 질문을 계속 받았다. 이마에 한국이라고 써놓고 싶은 심정이었다. 여행에서 송주는 우리에게 가장 부담이 되는 짐이기도 했지만 때론 큰 무기이기도 했다. 가장 어른으로 보이는 할아버지가 송주에게 손짓을 보냈다. 아무도 손대지 않은 과일이 듬뿍 진열된 곳으로 녀석을 데려가더니 종업원에게 뭐라 지시했다. 종업원은 재빨리 과일을 썰어서 그릇에 듬뿍 담아 송주에게 건넸다. 녀석이 맛있게 먹는 모습을 보자니 침이 꿀꺽 넘어갔다. 이를 눈치챘는지 노인은 우리에게도 먹을 것을 나눠준다. 녀석 덕분에 뜻하지 않게 풍성한 과일 대

인도의 결혼문화
인도인만큼 결혼식을 성대하게 치르는 민족이 없을 듯하다. 아니 성대한 것이 아니라 얼마나 준비했는지 하객들에게 공개적으로 드러낸다. 이것도 이들의 문화다. 상대방의 문화를 이해하려면 '틀리다'가 아니라 '다르다'는 관점이 중요할 것 같다. 생각이 다른 사람을 대할 때도 틀린 게 아니라 다른 것이다.

접을 받으며 인도인의 따뜻한 호의에 감사한 마음이 들었다.

학생 시절에 인도로 배낭여행을 다녀오자 친구들은 하나같이 인도는 정말로 음식을 손으로 먹느냐고 물었다. 질문하면서 더럽지 않느냐는 표정이었다. 인도인들의 전통적인 식사법은 숟가락이나 포크를 사용하지 않고 오른손으로 능숙하게 음식을 먹는 것이다. 지금은 숟가락을 사용하는 사람도 꽤 있다고 하는데 그때는 숟가락이나 포크를 찾아보기 힘들었다. 내가 배낭에서 숟가락을 꺼내 음식을 먹을라치면 식당에 있던 인도인들의 따가운 시선을 의식해야만 했다. 그들은 신이 내린 신성한 음식을 어떻게 쇳덩어리를 통해 먹느냐는 표정이었다. 상대국의 문화를 이해할 때는 '틀리다'가 아니라 '다르다'는 관점으로 이해하는 것이 옳다. 이러한 미세한 1% 차이가 다른 문화를 이해하는 데 큰 영향을 미치기 때문이다.

인도인들이 손으로 음식을 먹는 것은 우리와 다르기 때문이라고 생각하면 그만이다. 오랜 세월 동안 선조들로부터 그렇게 전해져 온 것이다. 우리와 달리 시각과 후각 이외에도 손으로 느끼는 촉각으로도 음식을 먹는다. 그러다 보니 손으로 먹을 수 있는 음식이 자연스럽게 발달해 있다. 비위생적이고 더럽다는 생각은 다른 문화에 대한 편견으로 오히려 문화적 우월주의라고 할 수 있다. 문화란 서로 상대적인 것이고, 이해하지 못할 문화란 없다.

인도의 칼 가는 노인
인도의 길거리에서는 이색적인 직업을 가진 사람들을 자주 마주하게 된다. 자전거를 개조해서 칼 가는 가게를 차린 노인의 모습이 이채롭다.

　우리나라가 월드컵을 유치하려고 일본과 경쟁하고 있을 때 한국 개최를 적극적으로 반대했던 프랑스의 여배우로 '브리지드 바르도Brigitte Bardot'가 있다. 그녀는 "한국인은 개고기를 먹는 야만스러운 민족이라 월드컵을 맡겨서는 안 된다"고 주장했다. 문화적 차이를 고려하지 않고 자신의 관점에서 본 편견에 지나지 않는다. 어디든 속을 면밀히 들여다보면 그 나라의 음식 문화에는 그럴 만한 이유가 있기 마련이다. 한쪽에서 터부시되는 음식이 다른 곳에서는 별미가 될 수 있다. 그것이 음식이다.

결혼식이 진행된다던 9시 30분이 지났지만 신랑신부는 나타나지 않았다. 그때까지도 하객들이 계속 들어오고 있다. 언제 예식이 진행될지 묻자 잠시 후에 시작한다는 말이 돌아왔다. 이때 예식장으로 두 대의 승용차가 서서히 들어왔다. 신랑과 신부가 타고 온 것이라 짐작했지만 한쪽에 마련된 공간에 차를 진열했다. 나중에서야 그것도 신부가 가져갈 혼수품이라는 사실을 알았다. 그나마 위안이된 것은, 혼수품이 자랑스러운 현대자동차다.

한참 더 기다렸는데도 예식은 시작되지 않았다. 하객들이 하나 둘씩 음식을 먹기 시작할 무렵 꾸벅꾸벅 졸던 송주가 완전히 잠에 빠졌다. 녀석을 집요하게 공략하는 모기를 쫓다가 결혼식을 보는 것을 포기하기로 했다. 미안해하는 신부 오빠를 뒤로 하고 게스트하우스로 향하면서도 예식을 보지 못한 아쉬움은 떨쳐버릴 수 없었다.

게스트하우스로 돌아와 샤워를 마치고 침대에 누웠다. 아내와 송주는 잠에 빠졌지만 여행을 마치고 돌아가서 어떻게 해야 할지 마음이 불안해 잠이 오지 않았다. 가장으로서 생계를 책임져야 하는데 취업을 할지 사업을 시작할지 마음이 갈팡질팡한 것이다. 이미 회사를 몇 차례 옮겨본 적이 있어서 이직에 대한 두려움은 작았지만 사업에 대한 두려움은 컸다. 물론 마음에 드는 회사에 들어가는 것도 쉽지는 않을 것이다.

직장생활을 시작한 지 2년쯤 되던 해에 헤드헌터로부터 연봉을 크게 높여서 좋은 회사로 옮겨주겠다는 전화를 처음으로 받은 적이 있다. 드디어 세상이 나를 알아준다며 밤새 잠을 이루지 못하고 고민했다. 순진하던 때라 믿고 따르던 선배에게 다음 날 조언을 구했다. 아직은 이르다고 타이르는 선배를 믿었건만 오산이었다. 회식 자리에서 팀장으로부터 "돈을 쫓는 사람이 되지 말고 멀리 보면서 돈이 쫓아오는 사람이 돼라"는 의미심장한 말을 들었다. 어떻게 알았지 싶어 뜨끔했지만 이직하려던 마음에 확실히 종지부를 찍을 수 있도록 도와준 그가 지금은 고맙다. 그때는 몰랐던 사실이다.

대부분의 기업은 조직이 피라미드 구조로 설계되어 있다. 시간이 지나면서 누군가는 도태되고 누군가는 살아남는다. 그렇게 승진과 퇴직이 잇따르면서 피라미드 형태는 계속 유지된다. 이것은 정글에서 동물들이 벌이는 적자생존의 법칙이 우리 사회에서도 치열하게 전개되고 있음을 말한다. 가혹하지만 냉정한 현실을 받아들여야 한다. 그런 경쟁 구도의 회사에 다시 들어가느니 사업을 시작해야 한다는 쪽으로 마음이 기울다가도 자신감이 생기지 않았다. 나도 모르게 큰 한숨이 나왔다. 다시 기억을 더듬어보니 아쉬움이 남는 때가 떠올랐다. 또 다른 이직 기회가 있었는데 그때 만약에 옮겨갔다면 내 인생은 어떻게 풀렸을까?

직장생활을 시작한 지 10년이 지났을 무렵 헤드헌터로부터 좀 특별한 연락을 받았다. 정치에 관심이 없느냐는 것이다. 그 당시에 유력한 대권후보로 거론되고 있던 A에 대한 마케팅 정책을 총괄하는 팀장의 보직이었다. 헤드헌터 사무실이 직장에서 가까운 여의도라 직접 찾아가서 만났다. 조건도 괜찮고 무엇보다 평소에 존경하던 사람이라 도전해 보고 싶어졌다. 지금까지 해온 일과는 성격이 조금 다를 수 있지만 인물 마케팅이라는 것도 기본적으로는 같을 거라고 생각하니 자신감도 생겼다. 더군다나 그가 대권의 꿈을 이룬다면 출세가 보장된 자리다. 숨겨진 욕망이 꿈틀거렸다.

어느 누구와 상의할 수 있는 일이 아니었다. 사안이 민감했고 외부로 발설하지 말라는 헤드헌터의 각별한 당부도 있었다. 어떻게 해야 할지 몰라 혼자서 끙끙 앓았다. 생각이 깊은 아내는 내 판단에 맡기겠다며 한발 물러섰다. 심사숙고 끝에 도전하기로 마음먹었다. 허파에 바람이 들어간 것이 분명했다. 나의 결연한 의지를 확인한 아내는 못내 불안했는지 아버지와 상의해 볼 것을 권유했다. 은근히 반대하는 눈치다. 신입사원으로 입사해 사장의 자리까지 오르는 것이 모든 직장인들의 꿈이라면 장인은 그 꿈을 성취한 사람이다. 사원으로 대기업에 입사해 사장으로 퇴임한 그분은 분명 유능한 사람이었고 합리적으로 판단해 줄 것 같았다.

주말을 이용해 처갓집에 들렀다. 아내로부터 말을 전해들은 장인은 갑자기 등산을 가자고 했다. 장인과 사위는 장모와는 다르게 그

천년의 역사를 자랑하는 괄리오르 성
나병 환자였던 수라즈센 왕자는 괄리오르 언덕에서 힌두교 성자를 만난 후 나병을 고치고
'수한 팔'이라는 새로운 이름을 얻었다고 한다. '팔'이라는 성을 사용하는 한 왕국은 영원할
것이라는 예언과 함께. 그렇게 인생의 전환기를 맞은 수라즈센이 건설한 곳이다.

리 편한 관계가 아니지만, 산에 오르면서 장인을 깊게 이해할 수 있
었다. 겉으로 보기에는 화려했을지 몰라도 그분도 직장생활이 순탄
한 것만은 아니었다. 홀어머니를 모시고 혈혈단신으로 고향을 떠
나 포항이라는 낯선 곳에서 가장으로서 4명의 자녀까지 책임져야
한다는 책임감에 늘 시달렸다고 한다. 치열하게 직장생활을 하면
서 죽음의 공포와도 싸워야 했다는 말도 들었다. 그때만 해도 공장
이 자동화되어 있지 않아서 사고가 자주 발생했고, 불의의 사고로
죽어나가는 동료들을 보면서 두려웠다는 것이다. 세대 차이를 넘어

아버지로서의 책무를 크게 공감했다.

당신의 이야기를 들려주면서 사장의 마음은 사장을 해본 사람만이 안다고 말하던 장인이 내게 어떻게 할지 물었다. 정치권이 아무리 진흙탕이라고 하지만 인생에서 세 번 찾아오는 기회로 생각한다며 옮기겠다고 대답했다. 장인은 "정치판은 아니라고 본다. 그를 위해 헌신적으로 일해도 경우에 따라 헌신짝처럼 토사구팽에 처해지는 곳이다. 그런 곳에 들어간다는 것은 불 속으로 뛰어드는 불나방과 같다"며 만류했다. 그러면서 오히려 평생 할 수 있는 자신의 일이나 사업을 지금부터라도 준비하는 편이 낫다고 충고했다. 결국 나는 정치권에 발을 들여놓는 것을 포기하기로 마음을 고쳐먹었다. 내려오는 산길에서 발걸음도 한결 가벼워졌다. 그날 밤 나는 "평생 할 수 있는 자신의 일이나 사업이 낫다"는 말을 음미하면서 잠자리에 들었다.

돈을
어떻게 쓸 것인가 _ 소유

괄리오르에서 잔시로 출발하는 기차를 2시간이나 기다려야 했다. 기차가 연착되면서 또 말썽을 부렸다. 인도 여행은 타이밍이 중요하다고 하는데, 장거리 기차를 탈 때는 무조건 늦어질 수 있다는 점을 감안해 여정을 수립하는 것이 좋다. 기차가 발차하는 역의 시간은 대체로 지켜졌지만 도착 시간을 예측할 수 없는 곳이 인도다. 열차를 기다릴 때는 상당한 인내심이 요구된다. 기다림에 익숙한 인도인과 달리 울분을 삭이면서 마음을 달래야만 했다. 가장 심각한 것은 기차 연착으로 인해 뒤따르는 여정이 엉망이 된다는 점이다. 숙박을 구하는 문제부터 식사 시간이나 생체 리듬까지도 여지없이 깨뜨려놓았다. 그래서인지 인도 여행은 서두르면 망친다는 말도 있다. 나그네가 된 넉넉한 마음으로 모든 것을 주위의 흐름에 맡기고 순응할 때 인도 여행을 만끽할 수 있다. 정말로 그렇다.

괄리오르 성곽에서 찍은 공작새 사진을 감상하고 있자니 기차가 들어왔다. 우리 좌석에는 이미 인도인들이 앉아 있었다. 기차표를 내밀자 젊은이는 자리를 양보했지만 노인은 한쪽으로 비켜 앉는다. 함께 앉자는 의미다. 머리에 터번을 두른 것이 시크교를 믿는 노인이다. 좌석이 침대식이라 눕지 않으면 여러 명이 앉을 수 있다. 머리에 두른 터번이 특이해 송주와 사진촬영을 요청하자 웃으면서

여행에서 스쳐가는 인연들
기차에서 만난 가족이 송주에게 과자를 사 주면서 말을 걸어왔다. 고마운 마음에 힌두교의 성지인 리시케시에서 산 염주를 선물로 주자 기뻐 어쩔 줄 모른다. 여행 중에는 하루에도 수많은 사람과 스쳐가는 만남이 있다. 우리네 인생처럼.

포즈를 취했다. 검표를 해오던 차장이 노인에게 기차표 제시를 요구했다. 둘이 심각한 대화가 오가는 걸로 봐서 노인의 차표에 문제가 있는 것으로 보였다. 노인이 50루피 지폐를 차장의 뒷주머니에 찔러주면서 투덜거렸다. 만족한 차장은 아무 일도 없었던 것처럼 검표를 계속해 갔다. 현장에서 벌어지는 부패를 처음으로 목격한 우리는 할 말을 잃었다.

잔시 역에 도착하자 호객꾼들이 벌떼처럼 몰려들었다. 여행자가 드물어서인지 릭샤꾼들에게 거의 포위를 당하다시피 둘러싸였다. 버스나 기차는 요금이 정해져 있었지만 서민의 교통수단인 릭샤는 협상에 따라 크게 달랐다. 여행을 시작한 지 한 달이 넘어섰을 때쯤에야 그들과 협상하는 방법을 조금은 익힌 것 같다. 외국인에게 유창한 말을 구사하면서 적극적으로 접근해 오는 사람은 돈맛을 아는 장사꾼이다. 멀리하는 것이 좋다. 닳고 닳은 사람들보다야 언어는 조금 서툴러도 순진해 보이는 사람이 딱이다. 벌떼처럼 몰려드는 릭샤꾼들을 뒤로 하고 손님을 기다리는 나이가 어려 보이는 릭샤꾼을 골랐다. 가이드북에 나오는 가격과 똑같이 불렀다.

인도에는 여행자를 상대로 생계를 유지해 가는 장사꾼들이 곳곳에 포진해 있다. 그들 때문에 골치 아프다고 생각하면 정말로 여행이 힘들어진다. 하루 종일 그들에게 시달리다 피곤해지는 날이면 인도로 온 것을 후회하게 된다. 그런 마음을 떨칠 수 있는 방법은 그들처럼 생각하고 행동하면서 즐기는 것이다. 그들의 믿음처럼 이미 수천 년 전부터 모든 만남이 정해져 있었다고 생각하면 모든 게 편하다. 구걸해 오는 거지마저 애처롭게 보이고 릭샤꾼들도 가격을 협상해야 하는 귀찮은 대상이 아니라 여행을 돕는 든든한 지원병으로 보인다. 현지인과 동화되어 마음껏 즐기는 것이 최고의 해법인 것이다.

잔시에서 오르차Orcha로 이동하는 릭샤에서 아주 황당한 장면이 눈에 들어왔다. 실오라기 하나 걸치지 않은 자이나교의 구도자를 목격한 것이다. 큰 붓을 손에 들고 나체로 신발도 신지 않은 채 도로를 묵묵히 걸어가고 있었다. 그들은 정말로 붓을 손에 들고 다니면서 다른 생명체가 다치지 않도록 걸을 때마다 길을 쓸면서 이동하는 것이 아닌가. 옷을 입지 않는 것은 무소유를 실천하겠다는 의지다. 우리나라에서는 상상하기조차 힘든 장면이다. 신과 종교의 나라라 부르는 인도에 오면 종교에 대한 많은 생각이 든다.

자이나교는 불교와 비슷한 시기인 기원전 6세기 무렵에 갠지스강의 중류 지방에서 태동했다는 것이 정설이다. 힌두교 베다(정신적 지주)의 권위를 부정하면서 해탈에 이르는 방법을 제시하고 있다. 마하비르에 의해 창시됐는데 얼마 전까지도 석가모니와 동일한 인물

이마에 빈디를 붙인 인도 여성들
인도에서는 이마에 붉은 점을 붙인 여성들을 많이 볼 수 있다. '빈디'라고 부르는 이 붉은 점은 전통적으로는 결혼한 여자를 뜻하는데, 제3의 눈을 표현하는 것으로 행운을 상징하는 장식이기도 하다.

로 보아오다가 수정됐다고 한다. 인간의 운명이 카르마karma 법칙에 따라 결정된다고 믿는 것은 인도인들의 근간을 형성하는 힌두교와 비슷하다.

신앙과 종교의 나라라 부르는 인도는 80% 이상이 힌두교를 믿는다. 이외에도 이슬람교와 기독교, 시크교, 불교, 자이나교 등의 종교가 공존하고 있다. 세계 3대 종교라 부르는 불교가 시작된 곳이지만 불교도는 1% 미만이다. 머리에 터번을 두른 인도인은 시크교를 믿는 사람들이다. 이들은 힌두교와 이슬람교의 장점을 결합한 종교로 16세기에 생겨났다고 한다. 서로 다른 종교를 접목하는 과정에서 시련이 있었고 덕분에 전투적으로 변해 머리에 터번을 두르고 금속으로 만든 팔찌와 단검을 차고 다닌다.

인도를 대표하는 힌두교는 이들이 만든 통치철학과 긴밀한 관계가 있다. 윤회를 믿는 이들은 전생의 업보로 삶이 시작되고 카르마 법칙에 따라 정해진 운명(계급)으로 태어난다고 믿는다. 이러한 이유로 그들은 삶에 순응하고 만족한다. 누구를 원망하거나 탓하지 않는다. 유일신의 기독교와 달리 힌두교에서 신의 숫자는 3억이 넘는다. 그들은 사람의 내면에는 신성이 있고 명상이나 요가를 통해 해탈의 경지에 도달할 수 있다고 믿는다. 신앙의 나라인 인도는 알면 알수록 신비한 곳이다.

오르차에 도착하기 직전에 검문소에서 오토릭샤가 멈췄다. 그때 우리는 눈앞에서 벌어지는 아주 치사한 장면을 지켜봐야만 했다. 기차표를 검수하던 차장이 뒷돈을 받던 것을 목격한 직후라 충격은 더욱 컸다. 우리를 태운 기사의 면허증에 문제가 있는 것으로 보였는데, 기사가 경찰관에게 10루피를 내밀자 코웃음을 치면서 손가락 5개를 펼쳐 보였다. 우리가 뒷좌석에서 지켜보고 있는데도 아무렇지도 않은 눈치다. 뭐라 투덜거리던 기사가 100루피를 건네자 50루피를 거슬러주는 경찰의 손놀림이 너무 자연스럽다. 송주가 무슨 일이 벌어지고 있는지 이해하지 못하는 것이 참으로 다행이다.

릭샤에서 내리면서 경찰관에게 빼앗긴 50루피를 팁으로 건넸다. 우리에게는 부담 없는 돈이지만 어린 기사는 행복해했다. 처음으로 들른 전망 좋은 호텔에서 하룻밤 방값으로 1천 루피를 부른다. 비수기인데도 비싼 값이다. 발걸음을 돌리자 800루피로 값을 내렸다. 그래도 비싸다. 여행자가 낯선 도시에 도착해서 가장 먼저 해결해야 할 일이 숙소를 구하는 것인데, 숙소를 구할 때마다 공통점이 있었다. 방이 마음에 들면 가격이 비싸고 가격이 저렴하면 방이 마음에 들지 않았다.

숙소를 정할 때는 항상 신중해야 한다. 가족의 안전은 물론 그날 여행의 만족도를 결정하기 때문이다. 돈만 충분하면 얼마든지 값비싼 호텔에 머물 수 있지만 주머니 사정이 넉넉지 못한 우리에게 호텔은 항상 그림의 떡이었다. 그렇다고 전혀 방법이 없는 것도 아니다. 가격이 저렴하고 시설이 좋은 방을 구하려면 발품을 많이 팔면 된다. 목적지에 도착하기 전부터 미리 장소를 몇 군데 정해놓고 장단점을 비교하면서 방을 구하는 방법이 있다. 이것은 일상에서도 마찬가지란 생각이 들었다.

맞벌이 시절에 아내는 뜬금없이 내게 이사를 가는 것이 어떻겠냐고 물었다. 갑작스러운 제안에 지금의 20평대 아파트도 우리 가족이 사는 데 충분하다며 반대했다. 돈이 넉넉지 못했고 남들처럼 아파트 평수를 늘려가는 데 신경쓰는 것이 마음에 들지 않았다. 아내는 송주가 학교에 들어갈 것을 대비해 30평대로 이사 가면 나만의 공간으로 서재도 마련해 주겠다며 언젠가 움직일 거라면 지금이 적기라는 것이다.

서울에서 이사한다는 것이 아내의 말처럼 쉬운 일인가. 회사에 출근해서 머리가 복잡해진 나는 선배에게 조언을 구했다. 선배는 자신의 재테크 경험을 말해주면서 아내의 말을 듣는 것이 무조건 좋다고 말했다. 곰곰이 생각해 보니 선배의 말이 옳았다.

사회생활을 시작하면서 대출을 끼고 어렵게 작은 아파트를 마련한 친구가 있었다. 주택 경기를 활용해 아파트 평수를 늘려가면서 이사하는 방식으로 재테크에 일가견을 보이던 친구의 배짱이 부러웠다. 회사에서 일이 손에 잡히지 않았고 머리에 '이사'라는 화두가 맴돌았다. 어려운 결정이었다. 가장으로서 어떤 결정을 내리느냐에 따라 모든 게 달라질 수 있을 것이다. 주변의 어른들로부터 집과 관련된 문제는 전적으로 아내에게 맡기라는 충고를 듣고 집을 옮기기로 결정했다.

우선 어디가 좋을지 장소를 물색해 갔다. 여러 가지 대안들 중에서 직장과 멀지 않으면서 미래에 투자가치가 높은 지역을 우선순

위로 정했다. 정말이지 아파트 시세를 알아보면서 '억' 소리가 절로
나왔다. 서울의 아파트 값을 좌우하는 가장 큰 변수가 면적과 위치
다음이 건축연도와 브랜드 파워, 전철역과의 거리다. 집이 마음에
들면 돈이 부족했고 가격이 저렴하면 그럴 만한 이유가 충분히 있
었다.

조금이라도 가격이 저렴한 것을 찾았고, 전망 좋은 급매물을
찾아 부단히 발품을 팔고 다녔다. 컴퓨터에 리스트를 만들어 장단
점을 분석해 나갔다. 결국 아이의 교육과 미래에 대한 투자가치를
고려해 회사에서 가까운 공덕동으로 정했다.

호텔을 나와서 다른 곳을 찾아 이동할 때 아내는 이번엔 작정하
고 한번 궁전호텔에서 묵는 게 어떻겠냐고 물었다. 궁전을 리모델
링한 호텔 중에서도 가격이 상당히 저렴한 곳이 옆에 있는데 가격
도 1,350루피(3만2천 원 정도)에 불과하다는 것이다. 마음이 혹했지만
다음에 들른 게스트하우스 방값이 250루피(6천 원)인 것을 보고 마
음이 흔들렸다. 세계문화유산이 지척에 보이고 시설도 깨끗했다.
어림잡아도 궁전호텔이 5배 비싼 것이 너무 큰 차이로 느껴졌다.

소심한 남편으로 보이는 것이 싫어서 아내에게 선택권을 넘겼다.
주부인 아내도 잠시 망설이다가 게스트하우스를 택했다. 3만 원이
면 궁전호텔로는 아주 저렴한 가격이었는데도 말이다. 막상 아내가

오르차 궁전호텔
왕궁을 개조해서 만든 호텔에서 하룻밤 방값 1,350루피가 너무 비싸게 느껴져 식사와 함께 제공된 무희의 춤 공연만 즐기고 발길을 돌려야 했다. 궁전호텔의 텅 빈 레스토랑에서 처음으로 즐기는 여유로움은 여행의 기쁨을 한층 북돋아주었다. 일상에서도 이런 여유로움은 가끔 필요할 듯하다.

게스트하우스를 택하자 안타까운 마음이 들었다. 아내에게 묻지 말고 그냥 궁전호텔에서 잘 걸 그랬나, 하는 상념이 스쳤다. 현지에서 피부로 느껴지는 돈의 차이가 너무 컸다. 아내도 내 마음을 읽었는지 그냥 해본 소리라며 대신에 식사는 궁전호텔에서 사 달라며 여장을 풀었다. 오랫동안 여행을 다녀서 소심해진 걸까?

　게스트하우스에서 샤워를 마치고 궁전호텔로 저녁식사를 하러 갔다. 분위기 좋은 그곳 식당에서 아쉬움을 달래고 전통공연을 보면서 피로를 풀려는 목적이다. 모처럼 깨끗한 옷으로 차려입고 호텔 로비에 들어섰다. 대리석 바닥이 무척 깔끔했다. 종업원의 안내를 받으면서 귀족이라도 된 듯한 기분이 들었다. 다시 마음에 파동이 인다. 여기서 잘 걸 그랬나. 여행을 다니면서 어지간한 유물이나 풍광을 봐도 별로 감흥이 오지 않을 때가 있다. 그럴 때 분위기를 바꿀 수 있는 방법이 바로 음식이다. 멋진 식사는 여흥을 살려주는 촉매제로 여행을 한층 풍요롭게 만들어준다.

우리는 궁전호텔에서 융숭한 대접을 받았다. 비수기라 식당에는 우리뿐이었다. 공연이 진행되지 않을지도 모르겠다 싶어 웨이터에게 물어보자 잠시 후에 진행된다는 대답을 듣고 기뻤다. 드디어 대리석 위에 공연이 준비되더니 악사 3명과 무녀가 나왔다. 이제는 익숙해진 인도 특유의 리듬이 연주되기 시작했다. 우리는 박수를 치면서 공연을 즐겼다. 우리 가족을 위한 단독 공연이라고 생각하니 박수를 힘차게 치지 않을 수 없었다. 공연이 끝나갈 무렵 내겐 고민이 생겼다. 팁으로 얼마가 적당할지 판단이 서지 않았기 때문이다. 관객이라고는 우리뿐이고 라이브 공연을 4명이 했다. 식사를 마치고 레스토랑을 나오면서 아내가 물었다.

"여보, 조금 전에 팁으로 얼마나 줬어요?"

"아빠 팁이 뭐야?"

녀석이 끼어들자 아내가 거들어줬다.

"팁이란 어떤 서비스를 받았을 때 고마움의 표시로 별도의 돈을 주는 거야. 우리가 저녁을 먹고 지불한 돈은 음식 값이고, 음악을 연주한 사람들에게 고맙다고 챙겨준 돈이 팁이야. 팁은 감사한 마음을 세련되게 표현하는 서양 사람들의 매너인 셈이지."

"엄마, 그럼 매너는 뭐야?"

녀석이 대화에 끼어들면 항상 이런 식이다. 아직은 팁을 이해하기에 어린 나이다. 사실 내게도 어려운 것이 팁이었으니. 원칙적으로 팁은 좋은 서비스를 받았을 때만 주면 되지만 아무래도 여전히 어색했다. 인도 무희에게 100루피를 줬다고 말하자, 아내도 그 정도는 줘도 아깝지 않을 만큼 멋진 공연이었다며 만족해했다.

다음날 비가 억수로 쏟아지는 광경을 보면서 아침식사를 하고 있었다. 그때 동양인 한 명이 배낭을 메고 비를 철철 맞으며 게스트하우스 앞에서 주인에게 뭔가 물었다. 방을 구하려는 것 같았다. 이를 지켜보면서 아내와 나는 지는 사람이 망고를 사 주기로 하고 내기를 걸었다. 나는 일본인이라고 주장했고 아내는 한국인이라고 주장했다. 수염을 덕지덕지 지저분하게 기른 걸로 봐서 분명 일본인이다. 갑자기 그가 우리 쪽을 휙 바라보더니 손을 흔들었다. 가까이 다가올수록 한국인이라는 사실을 알아챌 수 있었다. 그의 손에 들려 있는 비닐로 싼 가이드북 제목이 한글이었기 때문이다. 마날리에서 이미 우리를 본 적이 있어서 금방 알아봤다는 것이다. 자연스럽게 그와 합석하게 되었다.

한국인은 참으로 이상하다. 외국인은 낯선 사람을 만날 때면 항상 자기 이름부터 밝히고 상대방의 이름을 묻는 것과는 달리, 같은 한국에서 왔으면서도 어디서 왔는지 고향부터 묻는다. 다음에는 나이에 관심이 많고 직업이나 가족 순이다. 김철호 씨와 우리도 마찬가지다. 그는 서울에 거주하는 30대 후반의 미혼으로 회사를 그만두고 두 달 일정으로 인도를 여행하고 있었다. 북인도를 시작으로 사막지대인 서인도에 들렀다가 동인도로 횡단해오는 중이다.

그를 보면서 학생 시절에 인도에 왔던 추억이 떠올랐다. 나는 알고 있다. 낯선 타국에서 혼자 다니는 배낭여행의 의미를. 사람이라면 한번쯤 혼자서 배낭여행을 떠나볼 필요가 있다. 홀로 여행을 하면 처절할 만큼 외로운 고독과 싸워야 한다. 외국인과 대화를 나누는 것은 한계가 있어서 자신의 내면에 있는 자아自我와 대화를 나누곤 한다. 그것은 아주 특별한 경험이다. 과거 자신의 모습을 객관적으로 바라보는 것도 가능하다. 여행을 다니면서 눈으로 보는 수많은 관광명소나 유적지는 혼자 다니는 여행에서는 양념일 뿐 요리 그 자체는 아니다. 여행은 눈이나 언어가 아닌 가슴으로 즐기는 것이다. 낯선 현지인들과 부대끼면서 고국에 있는 그리운 얼굴들이 사무치게 그리워진다. 자신이 살아있음에 감사하고 떠날 때와는 다르게 뛰는 가슴으로 귀국하게 된다.

식사를 마치고 내가 얼른 식사 값을 계산했다. 내가 나이도 많고, 음식 값도 얼마 되지 않았기 때문이다. 외국인들은 더치페이를 좋아하지만 한국인들은 다르다. 돌아가면서 내는 분위기가 있다. 계산대 앞에서 서로 내겠다고 다투는 것을 외국인들은 이상한 눈으로 쳐다본다. 그들의 상식으로는 도무지 이해되지 않기 때문이다. 물론 나쁜 점도 있다. 함께 즐기고 각자의 비용을 나눠서 내는 것이 합리적일지도 모른다. 계산할 때마다 신발을 항상 늦게 신

피리 부는 아저씨
TV에서나 볼 수 있는 코브라 쇼를 인도의 거리에서는 자주 목격할 수 있다. 구경한 값을 지불하는 것은 보는 사람의 마음이다.

는 친구를 만날 때는 그런 생각이 들기도 한다.

김철호 씨와 헤어질 무렵에 비가 그쳤다. 우리는 곳곳에 널린 유적들 중에서 약 2km쯤 떨어져 있는 락시미Laxmi 사원으로 향했다. 발길이 한적한 사원 앞에는 늙은 노인이 입장객을 상대로 피리를 불고 있다. 관광객을 대상으로 피리를 불면서 생계를 유지하는 것이 노인의 직업이다. 송주에게 10루피를 주면서 노인에게 적선하도록 시켰다. 베풂을 아는 아이로 키우고 싶기 때문이다.

사원에 들어서자 내부에 장식된 화려한 장식과 공작새 모양의 벽화가 눈에 띄었다. 2층으로 올라가자 오르차 전경이 한눈에 내려다보였다. 그곳에 앉아 아내에게 무릎을 베고 누우라는 신호를 보냈다. 눈에 넣어도 아프지 않을 멋진 경치다. 과거와 현재가 공존하는 제3의 공간에 빠진 느낌이다. 무릎을 베고 누운 아내의 콧노래 소리가 들렸다. 송주가 묵찌빠 게임을 제안했다. 행복이란 이런 느낌일까?

세계문화유산을 마음껏 둘러보고 재래시장에 들러 20루피를 주고 망고를 사오다가 김철호 씨와 다시 마주쳤다. 한적한 시골마을이라 가능한 일이다. 그를 우리가 머물던 게스트하우스 옥상으로 초대했다. 전망 좋은 옥상에서 망고를 함께 먹기 위해서다. 서울에서 만났으면 서로 모르고 스쳐갔을 인연이겠지만 여기서는 차원이 달랐다. 같은 말을 사용한다는 이유 하나만으로도 가깝게 느껴졌다.

대화를 나누면서 그가 열정이 많은 사람이라는 사실을 알게 되었다. 일에 끌려가는 사람과 일에 미쳐 있는 사람, 그리고 적당히 지내는 사람이 있다면 그는 일에 미쳤던 사람이다. 일이 많아서 새벽에 출근해 심야에 퇴근하기를 밥 먹듯이 했고 주말까지 희생하다 보니 혼기를 놓쳤다고 했다. 그렇게 일에 푹 빠져 살다가, 자신의 삶에서 정말로 소중한 것이 무엇인지 되돌아볼 시간이 필요하다고 절실히 느꼈다고 한다. 다람쥐 쳇바퀴 돌듯이 숲에서만 정신없이 뛰어다니다 보니 눈에는 나무밖에 보이지 않았고 자신의 영혼을 구제할 목적으로 인도에 왔다는 그가 멋져 보였다.

원숭이 한 마리가 다가왔다. 근처에 사는 원숭이가 망고 냄새를 맡고 찾아온 것이다. 다른 원숭이와 달리 흰색 점박이가 가슴에 붙어 있는 모습이 특이해 망고를 하나 던져주었다. 잠시 뒤 다른 원숭이가 자기도 망고를 달라며 손을 내밀었다. 녀석에게도 망고를 나누어 주었다. 그러자 문제가 터지고 말았다. 주변에 살고 있던 수십 마리의 원숭이가 여기저기에서 우리를 향해 몰려들기 시작한 것이다. 급기야 우리는 원숭이들의 공격을 받고 방안으로 대피해야만 했다. 값비싼 궁전호텔에서는 상상할 수도 없는 일이다. 비록 게스트하우스에 머물렀지만 전망 좋은 옥상에서 원숭이와 망고파티를 벌이면서 멋진 추억을 만든 셈이다.

인간이 마지막 생을
데우는 순간 _ 죽음

오르차를 뒤로 하고 6시간 동안 버스를 타고 카주라호로 달렸다. 버스를 6시간 타는 것쯤이야 조금도 대수롭지 않게 되었다. 사람에게 익숙해진다는 것은 신기하고도 한편으로는 무섭다. 아그라로 이동할 때 최악의 조건에서 14시간 동안이나 버스를 탔던 것에 비하면 식은 죽 먹기나 다름없었다.

카주라호에도 호객꾼들이 극성이었지만 우리가 머물 곳은 따로 정해져 있었다. 괄리오르에서 만난 대학생이 카주라호에 가거든 꼭 산치호텔에서 묵으라고 일러줬기 때문이다. 그의 말대로 주인은 친절한 사람으로 방이 청결하고 가격도 저렴했다. 여행을 하면서 스쳐가듯 만나는 사람들이 알려주는 정보가 서로에게 큰 도움이 되었다. 우리가 이미 거쳐왔던 목적지가 다른 사람에게는 새로운 목적지가 되고, 다른 사람이 거쳐왔던 목적지가 우리에게는 가보지 않은 새로운 목적지다. 처음에는 낯선 사람에게 말을 거는 것이 어색했지만 시간이 지날수록 우리가 먼저 가슴을 열고 다가서기 시작했다. 그들과 이야기를 나누다 보면 모두 따뜻한 가슴을 가진 사람이라는 걸 알 수 있었다.

카주라호의 명물인 에로틱 조각상을 보면서 아내의 탄성은 계속되었다. 세계문화유산으로 지정될 만큼 특별하고 이색적인 사원이었다. 엄청난 새떼가 창공을 가르는 모습도 경이롭다. 자전거를 빌려서 한적한 시골길을 산책하면서 카주라호로 올 거라던 김철호 씨가 도착했는지 궁금해졌다. 송주도 아저씨가 언제 도착할지 물었다. 그가 귀여워해 줘서 그럴 것이다. 지금까지 무사히 따라와준 송주가 대견하다. 눈에 넣어도 아프지 않을 녀석을 이곳에서 보니 감회가 새롭다.

학생 시절에 배낭 하나 덜렁 메고 혼자서 카주라호에 왔던 기억이 떠올랐다. 그때 인도의 어린이들과 냇가에서 사진을 찍었던 기억이 있다. 이곳을 아내와 아이를 데리고 다시 왔다고 생각하니 만감이 교차했다. 그때는 냇가에 다리가 없었는데 새로 다리가 생겼고, 나는 꿈 많았던 대학생이었는데 지금은 걱정 많은 가장이 되어 돌아왔다. 말없이 흘러가는 시냇물을 보면서 타임머신을 타고 미래로 날아온 듯한 야릇한 기분이 들었다. 인도 아이들과 사진을 찍었

17년 만에 다시 찾아온 카주라호
대학생 시절 혼자 왔던 카주라호에서 아내와 아들과 함께 사진을 찍었다. 세계 유일의 에로티즘 유산이라고 부르는 카주라호 힌두사원의 조각상들은 자칫 외설처럼 보일 수 있는 성적 표현을 예술작품으로 승화시킨 인도 예술의 절정이라고 평가받기도 한다. 비록 인도 독립의 아버지 간디는 "전부 다 부숴버리고 싶다"고 했다지만.

던 같은 곳에서 송주와 사진을 찍고 싶었다. 녀석을 가슴에 안고 아내에게 사진 촬영을 부탁했다. 포즈를 취하면서 왠지 우리가 이곳에 다시 올지도 모른다는 생각이 들었다.

여정을 마치고 호텔로 돌아왔을 때 누군가 밖에서 우리를 찾았다. 김철호 씨다. 점심으로 김치볶음밥을 시켜 먹은 다음에 다투기 시작했다. 서로 돈을 내려는 것이다. 이번에도 양보하지 않았다. 우리는 셋이고 그는 혼자다. 그는 밤에 술이나 한잔 하자며 그때는 무조건 자기가 쏘겠다며 떠나갔다.

그날 밤 술이 거의 금기시되는 인도에서 술잔을 기울이며 김철호 씨와 많은 대화를 나눴다. 얼마 전까지만 해도 치열하게 직장생활을 해서인지 주로 회사에 대한 이야기가 많았다. 막상 회사를 그만두고 인도로 떠나오기가 쉽지 않은 결정이었을 텐데 인도에 온 것을 후회하지 않느냐는 질문에 의외의 대답이 돌아왔다. 인도가 너무나 좋고 오히려 조금이라도 이곳에 빨리 오지 않았던 것을 후회한다고 했다.

김철호 씨는 공연기획사에서 일을 특별히 잘하거나 못하지도 않았지만 인사고과가 불합리하게 진행되는 것을 보면서 직장생활에 회의를 느꼈다고 한다. 해마다 인사고과 뒤에는 항상 진통이 따르듯 그는 결과를 승복하기가 어려웠다. 믿었던 도끼에 발등 찍힌다고 그의 상사는 자신의 공을 모두 가로채는 것도 모자라 승진은 평소에 자기 사람이라고 생각하는 동료를 시켰다면서 분해했다.

그의 말에 가슴이 아팠다. 겉으로는 기쁨이나 존경, 동료애 같은 것이 전부인 것처럼 보이지만 직장에서 누구나 한번쯤 불합리한 상황과 마주친다. 그때를 슬기롭게 극복할 수 있느냐가 직장생활의 관건일지도 모른다. 스트레스를 먹고 사는 대한민국 직장인들의 비애다. 어디서든 필연적으로 발생하는 문제라고 생각하니 숨이 막혔다.

그는 회사를 그만둘 때 많이 힘들었고 고민도 많이 했다며 속내를 털어놓았다. 회사에 몸담고 있을 때는 그곳이 전부로 보였고 월급이 뚝 끊긴다고 생각하니 다달이 들어가는 돈부터 걱정되었다고 했다. 주위의 만류에다 재취업에 대한 두려움도 있었지만 인도에 오기를 잘 했다는 것이다. 인도에 오기 전까지는 여행을 떠나는 데 가장 큰 장벽이 회사라고 막연하게 생각했지만 자신의 인생을 조금도 책임져주지 않는 회사가 장애물이었던 게 아니라, 문제는 바로 자신이었다는 사실을 이곳에서 깨달았다고 한다. 그러면서 회사를 그만두고 바로 직장에 들어가지 않고 인도에 온 걸 만족해했다. 그는 인도의 마력에 푹 빠져 있는 사람처럼 보였다. 헤어질 무렵에 그는 자신의 게스트하우스 비밀번호를 알려주고 떠났다. 카주라호를 떠날 때 버스터미널에 도착하거든 땀으로 흠뻑 젖을 테니 자신이 머무는 방에 들러 샤워를 하고 가라는 배려였다.

인도에서 우리는 여정의 최종목적지를 바라나시Varanasi로 정했다. 먼 옛날부터 인도의 신흥 사상가들이 모여서 철학과 예술, 종교 등을 토론하며 인도의 문화를 이끌어온 곳이다. 힌두교의 최고 성지라 부르는 바라나시에는 지금까지도 힌두교의 장례의식이 이어져오고 있다. 공교롭게도 바라나시로 이동하는 기차에서 고등학교 친구의 죽음을 알리는 부고를 문자메시지로 받았다. 아직은 너무 빠르지 않은가. 친구의 죽음이 믿기지 않았지만 사람이 태어나고 죽는다는 것이 무엇인지 생각에 잠겼다. 바라나시에는 죽음을 직전에 둔 사람들이 몰려든다. 갠지스강에서 최후를 맞이하려는 것이다. 인도인들이 여신의 이름을 따서 '강가Ganga'라 부르는 갠지스강은 히말라야에서 시작해 리시케시를 거쳐 인도 문화의 성지라 부르는 바라나시를 지나 뱅골만으로 흘러들면서 2,500km의 대장정을 마친다. 그곳에서 진행되는 시체 태우는 의식을 아내가 어떻게 받아들일지 궁금하다.

인도 여행 40일째. 드디어 바라나시에 도착했다. 다음날 새벽에 아내에게 놀라지 말 것을 각별히 당부하고 화장터로 향했다. 화장터 근처에서 우리를 반갑게 맞아준 사람은 다름 아닌 사기꾼이었다. 장례식이 잘 보이는 곳으로 안내해 주겠다며 기부금을 달라는 것이다. 외국인 여행자만을 대상으로 사기를 쳐서 먹고 사는 인도인이다. 여유 있게 그를 따돌리고 화장터에 들어섰다.

송주에게는 강가에서 불놀이를 구경할 거라고 미리 말해 두었다. 사람의 시체를 태우는 장면이 너무 뚜렷할 때는 송주 눈을 가렸다. 녀석은 다행히 눈치채지 못했다. 하지만 아내의 표정은 매우 심각해졌다. 개들이 태우다 만 사람의 인육을 먹고 있는 모습이 눈앞에서 펼쳐지고 코끝을 자극하는 매캐한 냄새에 큰 충격을 받은 듯하다. 아, 바라나시! 너는 조금도 변하지 않았구나.

그때 대나무로 짠 사다리 같은 들것에 하얀 천으로 둘둘 말린 시
체가 도착했다. 아내는 내게 눈짓으로 물었다. 시신을 태우지 않고
강에 넣으려는 거다. 인도인들은 죽은 다음에 향나무로 태워져 강
물에 뿌려지기를 원하지만 장례에 소요되는 비용 때문에 서민들은
그냥 물속에 수장한다. 시신을 배에 싣더니 노를 저어 나가다가 물
속에 넣고 돌아온다. 사람의 죽음을 간단하게 처리하는 모습을 지
켜보면서 나도 언젠가는 죽겠지, 라는 막연한 생각이 확 달아났다.
관념적으로만 생각해 왔던 죽음에 대해 생각이 조금 바뀐 것이다.

오후에는 바라나시 대학의 박물관으로 향했다. 일본인으로 보
이는 동양인이 우리에게 다가와 일본인이냐고 물었다. 한국인이라
고 답하자 서울에 가본 적이 있다며 자기는 일본인인데 인도가 무
서워 죽겠다고 했다. 어찌 된 일인지 그때까지도 일본인을 한 번도
만나지 못했다는 것이다. 비자 문제로 인도로 여행을 온, 하와이에
거주하는 일본인 2세 여성으로 우리에게 다음 일정을 물었다. 대학
의 구내식당으로 밥을 먹으러 갈 거라고 하자 자기는 불교의 성지
인 사르나트에 간다며 연락처를 적었다. 하와이에 오면 한턱내겠다
며 대기 중인 택시를 타고 떠났다.

그녀와 헤어지고 아내에게 저 사람이 무척 외로워서 감상에 젖
었다고 했더니 아내는 아니란다. 일본인들은 냉정해서 자신의 속내

를 쉽게 보이지 않는데도 집 주소를 적어줄 정도라면 진심이라는 것이다. 구내식당을 찾아 이동하면서 놀라운 장면을 목격했다. 대학 캠퍼스에서 야생 공작새가 놀고 있는 것이 아닌가.

구내식당에서 밥을 먹고 있을 때 그녀가 점심을 함께 먹자고 다시 찾아왔다. 티켓 창구로 안내해 12루피짜리 식사 쿠폰을 사는 걸 도와줬다. 아마도 놀랐을 것이다. 하룻밤 7천 루피의 5성급 호텔에 묵고 있다던 그녀에게 12루피짜리 점심이라니. 식사를 마치고 아내와 그녀가 대화를 나누는 사이 잠깐 자리를 비켜줬다. 잠시 후 커피를 사다주자 "Very good"을 연발하면서 감동한다. 일본의 남편들은 이런 매너가 전혀 없다는 것이다. 우리는 언제가 될지 모르지만 하와이에서 다시 만나기로 약속하고 헤어졌다.

바라나시를 떠나기 전에 화장터에 다시 가고 싶은 생각이 들었다. 가족을 데리고 갔을 때는 아내와 송주를 챙기느라 경황이 없었다. 머릿속에서 시체가 불타고 있는 모습이 떠나질 않았다. 게스트하우스에 가족을 두고 혼자 가트(화장터)를 찾았다. 20여 구의 주검이 태워지면서 화장이 한참 진행 중이다. 화장터 주위에는 개들이 맴돌면서 탄 시체가 강물에 던져지기를 기다리고 있다. 개들 중에는 꼬리를 빳빳이 세우고 터줏대감 행세를 하는 놈도 보인다. 인도인들은 개에게는 전혀 관심도 없다.

인도에서도 가장 인도다운 곳, 바라나시
마크 트웨인은 말했다. "바라나시를 보지 않았다면 인도를 본 것이 아니다. 바라나시를 보았다면 인도를 다 본 것이다." 역사보다, 전통보다, 전설보다 오래 된 도시다.

시신이 잘 타도록 타다 만 시체의 허리를 부러뜨리면서 몽둥이질을 해댄다. 강에는 배를 타고 지켜보면서 눈물을 흘리는 관광객도 있다. 화장터 옆에는 아이들이 아무렇지도 않게 물장구를 치면서 수영을 즐긴다. 아낙네들은 빨래를 하고 바로 옆에는 명상에 잠긴 사두가 눈을 지그시 감은 채로 가부좌를 틀고 앉아 있다. 도대체 이곳이 사람 사는 곳이란 말인가? 나룻배에서 화장터를 구경하고 있는 외국인들의 표정만이 오히려 심각할 뿐이다.

인도인들이 화장터 옆에서도 표정이 밝은 이유는 삶을 순환적으로 보는 힌두 신앙 때문이다. 그래서인지 이곳에서는 산 자와 죽은

자의 경계가 무의미하게 느껴진다. 어쩌면 이들의 믿음처럼 죽음이란 삶의 끝이 아니라 새로운 시작일지 모른다는 느낌이 든다. 신비한 힘을 가진, 철학과 신앙의 나라 인도. 종교적인 유대감 속에 철학이 살아숨쉬고 세계 여행자들이 가장 힘겨워하면서도 다시 찾고 만다는 아주 특별한 곳이다.

사람들도 특이하지만 그들과 더불어 사는 고삐 없는 동물들도 이색적이다. 도로에 아무렇지도 않게 누워서 되새김질을 하고 있는 소가 그렇고 도시 곳곳에 널부러져 자고 있는 개들도 우리의 누렁이와는 왠지 다르다. 도심의 쓰레기더미를 뒤지고 있는 돼지 가족도 그렇고, 운이 좋으면 도심에서 노는 공작새도 볼 수 있다. 동물원에서나 볼 수 있는 원숭이들은 지천에 깔려 있고 어딜 가든 하늘에는 새떼가 창공을 가른다. 여행을 하면서 이들과 마주칠 때마다 신이 모든 생명을 만들고 마지막으로 만든 인간이 만물의 영장이라는 신념이 흔들렸다. 자연과 더불어 살아가는 인도의 철학은 과연 어디로부터 왔을까?

인도의 정신세계를 지배하고 있는 힌두교는 한마디로 규정할 수 없는 특별한 종교다. 이들이 믿는 힌두교는 일정한 교리체계나 교권조직이 없는데도 대부분의 인도인들은 힌두교로 시작해 힌두교로 삶을 마감한다. 이들은 살아가면서 발생하는 모든 문제를 과거에 자신이 쌓은 업보(카르마)에서 기인했다고 생각하고, 여기서 벗어나는 길이 해탈이라고 믿는다. 얼핏 보기에는 이들의 종교나 철학이 현실을 부정하는 것처럼 생각되지만 깊이 들여다보면 이들의 종교야말로 현실과 이상이 매우 조화를 이룬 균형잡인 신념이다. 서양의 종교와 철학이 서로 타협하거나 상충되면서 발전해 왔다면 인도의 종교와 철학은 이론이 실천이 되고 실천이 이론이 되어 발전해 온 것이다.

이러한 종교와 철학이 인도인들의 생활방식을 지배하다 보니 이 방인에게는 인도의 모든 것이 관광상품이다. 해탈을 목적으로 떠도는 600만 명이나 되는 사두와 계속 마주치다 보면 '정말로 삶은 무엇이고 우리는 왜 사는 것일까?'라는 철학적 문제와 직면하게 된다. 거지들이 당당하게 적선을 요구할 때마다 돈을 줘서 업보를 잘 쌓는 것이 당연해 보인다. 거지들의 행동도 특이하다. 자신에게 돈을 주는 것이야말로 선업을 좋게 쌓는 것이므로 오히려 자신에게 고마워해야 된다고 생각한다. 우리와는 너무도 다른 다양성이 존중되는 곳이다.

'람람삿트헤(신은 진실하다)'를 외치며 한 구의 시신이 또 들어왔다. 흰 천으로 둘둘 말려서 이집트 미라처럼 보인다. 강물에 푹 담근 뒤에 태워질 순서를 기다린다. 죽음이 처리되는 장면을 지켜보면서 나는 사두라도 된 듯이 가부좌를 틀고 명상에 잠겼다. 인도인들의 믿음처럼 성스러운 물에서 목욕을 하면 과연 죄가 씻길까? 화장

되어 강물에 뿌려지면 윤회의 속박에서 벗어날 수 있을까? 죽음을

향해 달려가고 있으면서도 죽음은 나와 거리가 먼 문제로 생각해

왔는데, 나도 반드시 죽는다는 확신으로 바뀌는 것을 느꼈다. 누구

철학의 나라 인도
'인생이란 무엇일까'라는 원초적 질문의 해답을 찾아 떠도는 사두를 볼 때마다 인도를 왜
철학의 나라라고 부르는지 이해하게 된다.

나 죽음을 말하기 꺼리지만 생이 있으면 반드시 죽음도 있다. 끝없이 욕망을 갈망하다가 죽을 때 초라해지지 말고 지금부터라도 진지하게 살겠노라고 다짐하면서 자리에서 일어났다. 어차피 죽을 거라면 나머지 인생은 멋지게 살자는 결심이었다.

죽음과 진지하게 마주하다가 게스트하우스로 돌아오는 길에 사두를 만났다. 다리를 다쳤는지 목발을 세워 놓고 염주를 파는 모습이 측은해 보였다. 그의 옆에 걸터앉았다. 기다렸다는 듯이 내게 얼른 염주를 내밀었다. 돈은 받지 않을 테니 그냥 가지라는 것이다. 염주를 하나씩 굴리면서 숫자를 세어보니 108에서 5개가 부족하다. 5개가 부족하다는 내 말에 새 것을 내주면서 내게 이름을 물었다.

대화를 하면서 그는 62세의 자이살메르 출신으로 출가한 지 30년이 넘은 베테랑급 사두라는 사실을 알게 되었다. 그가 강물로 목욕을 했는지 물었다. 바라나시에 도착하면 목욕을 하겠노라고 아내와도 약속했지만 흙탕물로 변한 갠지스강을 보면서 망설이던 때였다. 인도를 좋아하지만 힌두교인이 아니기 때문에 목욕할 필요까지는 없는 것 같다고 변명했다. 그러자 사두가 던진 말은 내 마음에 큰 파장을 일으켰다.

"그건 하나도 중요하지 않다. 정말 중요한 것은 네 마음이다."

그에게 염주의 가격을 묻자 '108루피'라는 값을 불렀다. 그에게 염주를 다시 되돌려주고 20루피를 주었다. 사두는 두 손을 가슴에 공손히 모으고 "나마스테"라며 내 영혼의 편안함을 위해 기도해 주었다. '당신의 내면에 있는 신에게 경배를'이라는 뜻으로 이들은 인간의 내면에는 신성이 있다고 믿고 있다. 명상을 통해 그를 깨워서 해탈하는 것이 그들에게는 삶의 목표가 되기도 한다.

새벽에 다사스와메트 가트로 갔다. 어제 사두와 헤어지고 돌아오면서 갠지스강에서 목욕을 하기로 작정한 것이다. 아내와 송주는 들어가지 못할 거라고 놀렸지만 옷을 하나씩 벗기 시작했다. 옆에서 이를 지켜보는 인도인들의 시선이 느껴졌다. 갠지스강으로 서서히 들어갔다. 그때 누군가 뱃전에서 손을 내민다. 꽃을 파는 어린 아이다. 꽃을 받아 간절한 마음으로 소원을 빌면서 물에 띄워 보냈다.

'갠지스강이여! 지금까지의 삶을 반성합니다. 성공을 위해 앞만 보고 달리면서 다른 사람의 마음을 많이도 아프게 했습니다. 지금부터는 새로운 마음으로 제2의 인생을 시작하려고 합니다. 제게 힘을 주십시오.'

성스러운 갠지스강과의 약속이니 어떠한 어려움도 헤쳐나갈 수 있을 것 같았다. 눈에서는 뜨거운 눈물이 흘러내렸다.

제3장

신의 카드를
훔쳐볼 수는 없다

삶에서 가장 파괴적인 단어는 '내일'이다.
'내일'이란 단어를 자주 사용하는 사람들은
가난하고 불행하고 실패한다.
'오늘'은 승자의 단어이고 '내일'은 패자들의 단어이다.
당신의 일생을 바꾸는 말은 '오늘'이다.

로버트 기요사키 Rovert T. Kiyosaki

INDIA·THAI

Kochang

태국 해변에서 여행을 회고하다 휴양지인 태국의 해변에서 우리가 지금까지 걸어온 여정을 되돌아봤다. 여행한 시간은 어느덧 과거가 되어 있었고 여행이 며칠 남지 않았다고 생각하니 마음이 초조해졌다. 일상으로 복귀해야 하기 때문이다. 중요한 것은 남은 여행을 마음껏 즐기는 일이다. 여행에서 남은 경비를 한 푼도 아낌없이 쓰고 입국하기로 마음먹었다.

마흔, 진짜 인생의
목표를 정할 때 _ 미래

저녁에 기차를 타고 바라나시를 떠난다고 생각하니 이곳에 오 겠다던 김철호 씨가 갑자기 보고 싶어졌다. 송주에게 물어보니 마 찬가지다. 그의 이야기를 먼저 꺼낸 사람은 사실 아내였다. 그때까 지도 서로 연락처를 주고받지 않아서 여기서 만나지 못하면 영원 히 못 만날 것 같았다. 이번에는 우리가 그를 찾아나섰다. 서로 같은 가이드북을 들고 다녔기 때문에 발품을 팔면 그를 찾을 수 있겠다 싶어 한국인이 많이 몰리는 게스트하우스를 뒤지기 시작했다.

가트를 중심으로 세 번째로 들른, 한국인이 운영하는 게스트하 우스는 주인이 자리를 비우고 없었다. 인도인 종업원에게 혹시나 하는 마음으로 김철호 씨의 인상착의를 설명하자 그런 사람이 없 단다. 아쉬운 마음으로 돌아서려고 하자 잠깐 기다리라며 위층으로 올라간 종업원이 누군가를 데리고 왔다. 턱에 수염이 없어 얼핏 보기에는 그렇고 기대하지 않았지만 깔끔하게 면도한 김철호 씨다. 나보다 아내와 송주가 더 좋아했다.

이번에는 전화번호부터 서로 교환했다. 그와 나는 공기밥이 포함 된 라면을, 송주는 김밥과 오이냉채를, 아내는 김치찌개를 시켰다. 오랜만에 맛보는 한국 음식도 반가웠다. 커피와 콜라도 넉넉하게 주문했다. 저녁에 이곳을 떠나는 데다가 그를 다시 만난 기쁨까지 더해져 식사를 든든하게 시켰다. 그와는 느낌이 통했다.

"철호 씨, 화장터에 다녀왔어요?"

"예, 그걸 보면서 산다는 게 정말로 별게 아니란 생각이 들 었어요. 치열하게 직장생활을 할 때는 그런 것에 관심도 없었는데."

바라나시에서 대부분의 여행자가 그렇듯이 그도 충격을 받은 게 분명해 보였다. 한국에 돌아가서 다시 시작하겠다는 결심도 듣기 좋았다.

"이번에 돌아가면 제대로 다시 시작하고 싶어요. 지금까지 직장 생활을 하면서 피해의식에 사로잡혀 있었던 것 같아요. 사고가 터 질 때마다 동료들이나 상대방을 탓하면서도 정작 매너리즘에 빠진 제 자신에 대해서는 생각지도 못했다는 사실이 무척 한심했어요. 저번에 카주라호에서 말씀 드린 인사고과에서 제가 승진에서 누락 된 이유도 상사를 탓할 게 아니라 곰곰이 생각해 보니 제게 문제가 있었다는 사실도 여기서 깨달았어요."

그는 이전과 많이 달라 보였다. 그의 말을 들으면서 상사들 눈
치나 보면서 제 밥그릇 챙기기에 급급했던 내가 오히려 부끄러워
졌다.

"너무 자신을 탓할 것까지 없어요. 직장은 때론 불합리한 곳이
니까."

"그렇기도 하지만 세상의 모든 일에는 원인과 결과가 있는 것
같아요. 대부분의 사람들이 문제가 발생하면 원인을 외부 탓으로
돌리지만 1차적인 책임은 온전히 자신에게 있는 것 같아요. 인도라
그런지 특히 그런 생각을 많이 했어요. 인도인들이 말하는 수천
년 전부터 모든 것이 정해져 있었다는 '카르마'라는 것도 허무주의
로 보일 수 있지만 자신이 선택한 결과를 겸허하게 수용하려는 것
같아요."

평범한 직장인이던 그가 인도로 여행을 떠나오기는 쉽지 않았을
것이다. 이전에 비해 많이 성숙해진 그가 무척 행복해 보였다. 그의
말대로 우리의 삶은 언제나 선택의 연속이고 보기에 따라 모든 것
은 내가 선택한 결과다. 태어남이야 어쩔 수 없겠지만 학교를 졸업
하고 직장생활을 시작하거나 배우자를 만나서 결혼하는 것 모두가
자신이 선택한 삶의 결과인 것이다. 그에게 갠지스강에서 목욕을
해보라고 권했다. 아침에 시도해 보니 좋았다며 용기를 주었지만

바라나시 골목길
바라나시의 골목길은 좁고 미로처럼 복잡해서 초행자라면 한 번쯤 길을 잃고 헤매기도 한다. 소나 개나 사람의 통행에 구분이 없지만 인도 사람들의 일상생활 모습을 엿볼 수 있다.

그는 물이 더럽지 않냐고 물었다. 그때 게스트하우스에 돌아온 한국인 여주인이 거들고 나섰다.

"그 물은 생각처럼 더럽지 않아요. 실제로 연구기관에서 수질검사를 검사했는데 중급수 등급이 나왔어요. 인도인들의 믿음이 대단하잖아요. 불가사의한 말 같지만 그들의 믿음이 그토록 강하기 때문에 강물이 청결하다는 말도 있어요. 저도 처음에는 목욕하기가 두려웠지만 지금은 아무렇지도 않은 걸요."

그녀를 보면서 한국인으로 태어나 이곳에서 인도인의 아내로 살고 있는 것이 어쩌면 그녀의 운명(카르마)일지도 모른다는 생각이 들었다. 2001년 인도로 배낭여행을 와서 남편을 만나 결혼했다고 한다. 그녀의 딸은 벽에 걸린 결혼식 사진에서 엄마와 아빠의 얼굴을 모두 닮아 있었다. 쉬가 마렵다는 송주를 데리고 화장실에 다녀오는 사이 그가 음식 값을 계산해 버렸다. 왜 그랬냐고 물으니까 우리는 셋이라 돈이 많이 들어가고 물가가 비싼 서울에서 얻어먹으려고 그랬다고 한다.

게스트하우스를 나서자 그가 따라나섰다. 이제는 됐다며 그만 들어가라고 몇 번을 말했지만 계속 따라왔다. 우리는 그렇게 얽히고설킨 바라나시 뒷골목을 말없이 한참 동안 걸었다. 문턱에 턱턱 걸쳐 잠들어 있던 개들이 깨어나 사납게 짖어대고, 가끔은 쓰레기 더미를 뒤지는 소들과 마주쳐 힘겹게 비켜가야만 했다. 쓰레기가 널려 있고 소변 냄새가 고약해서 코를 막아야 할 지경이지만 마음만은 포근했다. 그만 돌아가라고 권유해도 자기가 좋아서 배웅하는 거라며 미소를 지었다. 10여 분을 그렇게 더 걷다가 우리는 몇 번이나 악수를 나누면서 헤어지는 아쉬움을 달랬다. 그는 우리가 인도에서 만난 들뜬 대학생들과는 질적으로 달랐다. 아내는 직장생활을 해봐서 세상을 알기 때문에 그렇다고 하면서 그를 꼭 집으로 초대하겠다고 진지하게 말했다.

여행 45일째. 바라나시를 끝으로 인도에서의 여정을 뒤로 하고 델리로 향하는 장거리 열차에 올랐다. 보름 전에 예비자 명단으로 기차표를 예약했는데도 좌석은 하나밖에 주어지지 않았다. 셋이서 침대 하나에 12시간을 달려야 했지만 감사한 마음이 들었다. 바라나시에서 영혼이 조금은 성숙해진 것 같다. 침대에 아내와 아이를 눕히고 귀퉁이에 엉덩이를 간신히 붙인 채 걸터앉았다. 주위의 다른 좌석을 보니 가장으로 보이는 인도인들도 그렇게들 앉아 있다. 그들과 서로 눈인사를 나눴다.

건너편 어두운 차창 밖으로 다양한 인도의 얼굴이 떠올랐다. 어려운 여건에서도 미소를 잃지 않는 사람들, 아무리 비가 많이 와도 뛰지 않아 답답해 보이는 사람들. 만디에서 우리를 초대해 준 교사 부부에게 특히 고마운 마음이 들었다. 델리에 도착해 암리차르를 시작으로 북인도에서 중부 지역까지 대륙을 횡단한 시간이 꿈만 같다. 그리고 보니 우리가 여행을 시작한 지도 어느덧 절반이 지나가 버렸다.

어느 날 출판사에서 편집장이 급하게 보자고 했다. 편집 중인 '사랑에도 전략이 필요해'라는 책의 방향을 약간만 수정하자는 것이다. 인생사 모든 것은 마케팅으로 설명이 가능하다며 '사랑 전략'이 아닌 '인생 전략'을 다루는 주제로 전환하자고 했다. 들어보니 연애 전문가도 아닌 내가 사랑을 주제로 논하기보다 인생을 마케팅 시각에서 바라보는 것으로 컨셉을 잡은 것이 더 좋아 보였다. 그 당시에 글을 쓰면서 식상과 인생에 대해 많은 것을 고민하게 되었다. 기업에서 만드는 상품도 사람의 일생과 마찬가지로 시장에 출시되었다가 성장하고 일정한 시간이 지나면 시장에서 퇴출된다. 이것은 우리의 인생과 아주 흡사하다.

수많은 상품이 시장에서 치열하게 경쟁하고 모두가 히트하기를 바라지만 그것은 대단히 어려운 일이다. 시장에 출시된 신상품은 도입기를 지나서 성장기를 거쳐 성숙기에 진입한 다음, 일정 시간이 지나면 쇠퇴기를 지나 시장에서 소멸되는 4단계를 거친다. 경우에 따라서는 예상치 못한 변수로 초기에 또는 성장기에 시장에서 사라지기도 한다. 이것은 뜻밖의 불행한 사고로 일찍 세상을 떠나는 사람의 운명과 같다. 사람의 머리에서 나온 이론이기 때문에 사람의 일생에 상품의 수명주기를 짜맞춘 거라고 말할 수도 있다.

사람의 일생도 4단계로 구분할 수 있다. 태어나서 고교 시절까지는 기초교육을 받으면서 유·소년기를 지나고 20세 전후에 자신만의 가치관과 철학이 형성된다. 사람에 따라 조금은 다르겠지만 20대 후반에 사회생활을 시작하면서 가정도 이루고 40세 전후에 사회적 기반을 확보한다. 이후에 가장 왕성한 사회활동을 하면서 가족을 부양하는 중·장년기를 거쳐 60세 전후에 은퇴하게 된다. 이후 60세부터 노년기가 시작되면서 아름다운 마무리를 준비해야 한다. 살아가면서 모든 순간이 중요하겠지만 점점 더 중요해지는 기간이 직장에서 물러난 다음의 삶이다. 인간의 평균수명이 90세가 되어가는 시대를 맞아 60세 이후의 노년기를 준비하는 것은 이제 필수 사안이 되었다. 바야흐로 '인생은 60부터'인 시대가 도래한 것이다.

누구나 첫 직장에 입사할 때는 각오가 대단하다. 세계 노동시간 1위 국가라는 지표가 말해주듯이 입사한 다음부터 대한민국 직장은 숨가쁘게 돌아간다. 상사에게 깨지거나 번민하고 동료들과 부대끼면서 일하다 보면 금방 시간이 흐른다. 그렇게 반복적으로 살다 보면 어느 시점에선가 결혼하고 아이가 태어나면서부터 부모가 된다. 가족의 부양을 위해 더욱 직장에 몰입하다 보면 문득 중년이 되어버린 자신의 모습을 발견하고 허전함에 빠진다. 이것이 지금까지 달려온 내 자화상이었다.

문제는 아직도 내 인생의 목표를 확실하게 정하지 못했다는 사실이다. 마흔을 넘기면서 철이 조금은 든 것 같기도 하지만 가슴이 허전하고 왠지 모르게 초조해하며 살아왔다. 원인은 목표가 없었기 때문이다. 이것이 바로 내가 빠졌던 함정이다. 마흔을 불혹不惑이라고 하는 이유를 조금은 알 것 같지만 평균수명 90이면 절반에도 미치지 않는 나이다. 살아온 날보다 살아갈 날이 많지 않은가.

그런데도 새로운 모험보다 현실과 타협하면서 적당히 사는 것이 옳다고 믿어왔다. 내 인생 대부분이 끝난 것으로 착각했다. 마음의 중심을 잡지 못하고 이리저리 흔들리면서 살아온 것이다. 꺾이지 않은 청춘인데도 말이다.

가족의 밥벌이를 핑계로 어렸을 적부터 간직해온 꿈도 퇴색한 지 오래다. 빠져나오지 못할 두꺼운 올가미로 몸이 얽혀서 천근만근 무거웠다. 평균수명 90세 시대에 지금 정신을 바짝 차리지 않으면 60세 이후 30년간의 삶이 불행해질 수 있다. 수명이 길어진 만큼 마흔의 언저리에서 인생의 설계도를 다시 그려야만 한다. 시간은 아직도 충분하다. 인생의 지도를 다시 펼칠 때인 것이다. 가슴이 뜨거워지기 시작했다.

기차가 3시간을 연착해 오전 10시 무렵에 종착역인 뉴델리 역에 도착했다. 빠하르간지로 향하는 우리에게 4명의 거지가 몰려와 적선을 요구했다. 자신보다 어린 동생을 품에 안은 아이가 있고 신발을 신지 않은 아이도 있다. 웃으면서 10루피씩 건네자 더 달라고 아우성이다. 대기 중이던 릭샤꾼들이 협상을 걸어왔다. 늙은이부터 소년까지 연령층도 다양하다. 그들은 전쟁을 치러야만 통과시켜 줄 기세다. 그들에게 바로 앞에 있는 숙소로 간다며 거침없이 앞으로 나갔다. 똑같은 거리를 가면서도 처음 입국할 때와는 상황이 달라졌다. 아내도 처음에 도착했을 때와 느낌이 다르다고 말한다. 50여

인도의 신발 수선공

인도의 서민들은 모든 물건을 마르고 닳도록 사용한다. 풍요로움이 넘쳐나는 현세에 우리가 배워야 할 덕목은 아닐까 자꾸 생각하게 된다.

일 인도를 여행하면서 이들의 문화에 익숙해진 것이다.

숙소를 구하고 신발을 다시 꿰매기로 했다. 이미 세 번이나 수선했는데도 신발에 계속 문제가 생겼다. 아내는 이제 그만 새 신발을 사자고 졸랐지만 버리기 아까웠다. 모든 물건이 해지고 닳을 때까지 수선해서 사용하는 인도인들에게 미안했기 때문이다. 때마침 길거리에서 좌판을 벌여놓고 신발을 수선하는 노인을 발견했다. 수선이 끝나고 노인에게 값을 묻자 이를 옆에서 지켜보고 있던 인도인이 영어로 수작을 걸었다. '100루피'라는 것이다. 터무니없는 소리다. 나는 인도가 좋아서 다시 왔는데 당신 같은 사람을 보면 실망스럽다며 주인도 아니면서 웬 참견이냐고 대꾸했다. 그때 누군가내 어깨를 두드리며 인도식 홍차인 짜이를 내밀었다. 왜냐고 묻자인도에 다시 온 것이 그냥 좋아서 주는 거란다. 천의 얼굴을 가진인도인의 두 얼굴을 동시에 만난 것 같았다.

인도를 떠나기 전에 반드시 풀어야 할 두 가지 숙제가 있었다. 우선 송주를 병원에 데리고 가는 일이다. 바라나시에서 허벅지에종기가 생겼는데 심각할 정도로 고름이 많이 나왔다. 빠하르간지에서 가까운 종합병원을 찾았다. 환자들이 북새통을 이루고 있었다. 어느 정도 예상은 했지만 등록을 마치는 데만도 많은 시간을 기다려야 했다. 다시 진찰실 앞에서 무작정 기다리면서 한숨을 쉬다가 지나가는 간호원에게 도움을 청했다. 외국인임을 확인하더니 순서를 앞으로 이동시켜 줬다. 기다리는 사람들에게 연신 미안하다고 말하자 모두가 괜찮다는 반응이다. 착한 사람들이다. 우는 아이를 달래면서 치료를 마치고 약국에 가서 약을 사고서야 마음이 놓였다.

나머지 하나는 한국으로 소포를 붙이는 일이었다. 태국으로 가면 필요가 없어질 두꺼운 인도 가이드북과 기념품을 보내려고 사

인도 여행의 파트너 사이클릭샤
인도를 여행하려면 릭샤꾼들과 끊임없이 협상을 벌여야 한다. 지겨울 정도로 끈질기게 따라붙는 이들을 골칫거리로 생각하느냐, 여행의 동반자로 생각하느냐에 따라 여행의 즐거움은 달라진다.

설 우체국을 찾았다. 소포가 잘 도착할지 걱정이 되어 주인에게
묻자 불쑥 엽서를 내민다. 자기 나라로 돌아간 여행자들이 소포를
잘 받아서 고맙다고 보내준 엽서다. 가게의 벽에는 각국에서 보내
준 다른 엽서들이 빼곡히 붙어 있었다. 일종의 보증수표인 셈이다.
안심하면서 소포를 붙였다.

마지막 날 아침에 공항으로 가는 택시를 타려고 거리로 나왔다.
건너편에서 공짜로 짜이를 준 인도인이 리어카에서 옷을 팔고 있
었다. 배낭을 열고 미리 챙겨둔 T셔츠를 꺼내 그에게 내밀었다. 옷
에 입을 맞추며 악수를 청했다. 근처에 릭샤꾼들이 우르르 몰려와
협상을 벌이기 시작했다. 공항으로 출국할 거라며 잠시 후 예약해
둔 택시가 온다는 말을 믿지 않고 계속 흥정을 벌였다. 이를 지켜보
던 옷장수가 사실이라고 말하자 늙은 릭샤꾼은 머쓱해하며 송주에
게 말을 걸었다.

"안녕, 이름이 뭐니?"

"송주, 코리아."

녀석은 묻지도 않은 '코리아'까지 한번에 대답해 버렸다. 계속
받아왔던 질문이기 때문이다.

"넌 행운아다. 20년 후에 다시 인도에 꼭 오거라. 그때는 내가 너
를 태워주겠다. 꼭, 가족과 함께 와야 한다."

그는 송주의 볼을 어루만져주고 다른 손님을 찾아 떠났다. 릭샤를 끌고 사라져가는 그의 어깨가 고단해 보였다. 잠시 뒤에 택시를 타고 공항으로 출발했다. 도로 옆에는 도심과 공항을 연결하는 지하철공사가 한참 진행 중이다. 지하철이 개통되면 사이클릭샤는 델리에서 사라질지도 모른다.

지금 당신에게
가장 소중한 것은 무엇인가 _ 가족

　인도에서 태국으로 입국한 우리는 방콕에서 하룻밤을 머물고 바로 아유타야로 출발했다. 관광대국인 태국의 수도 방콕은 마지막에 다시 와서 쇼핑을 즐기기로 했다. 인도에 비해 태국은 여행을 하기에 모든 것이 수월했다. 인도에서 고생을 너무 많이 해서 그럴 것이다. 물가가 인도에 비해 두 배 정도 비싼 것을 제외하면 호텔이나 버스, 기차 등 많은 것들이 월등했다. 태국은 관광대국이라 불리기에 충분한 조건을 갖추고 있었다.

　아유타야에 도착해 호텔부터 잡았다. 에어컨과 깨끗한 욕실이 완비된 호텔이 400바트(12,000원)다. 인도에서는 한 번도 자보지 못한 에어컨 딸린 방이다. 인도와 달리 습도가 높은 태국에서 남은 여행 일정이 얼마 남지 않아 가격은 부담스럽지 않았다. 10km 내외로

곳곳에 있는 아유타야의 유적을 둘러보기에 오토바이가 안성맞춤
이라고 판단했다. 택시보다 비용이 저렴하고 도로 사정이 좋아 오토
바이를 타기에 좋았다. 무엇보다 인도만큼 위험해 보이지도 않았다.

오토바이를 대여해 주는 가게에서 시범운전을 해봐도 되냐고
묻자 '한국인'이냐고 되물어왔다. 그렇다고 하자 먼저 계약서에 서
명부터 하고 오토바이를 타라는 말을 들었다. 이유인즉 한국인들
은 시범운전을 한답시고 그 자리에서 사고를 낸다는 것이다. 옆에
서 이를 지켜보던 아내가 못내 불안했는지 자신이 없으면 택시를

가족에게 행복이란
인도를 여행하는 동안 줄곧 행복했다. 평생을 가족끼리 공유할 수 있는 추억을 만드는 시
간이었으니까. 지금도 아이는 그때 사진을 보며 여행에서 있었던 일을 이야기하곤 한다.

타자고 했다. 자존심이 달린 문제다. 오토바이를 타본 지 꽤 오랜 시간이 흘렀어도 충분히 자신이 있었다. 과거에 사고를 당한 경험이 있어서 오토바이가 얼마나 위험한지 누구보다 잘 알았지만 오토바이를 탈 때만 느낄 수 있는 상쾌한 기분도 잘 알고 있었다. 계약서에 서명을 하고 오토바이를 타고 거리로 나왔다.

오토바이가 시내를 벗어나자 기분이 상쾌해졌다. 아빠가 오토바이를 운전하고 아들은 가운데 태우고 엄마는 맨 뒤에 앉았다. 운전을 하는 내게 가족의 운명이 달려 있다고 생각하니 더욱 조심스러운 마음이 들었다. 등 뒤에 바싹 달라붙어 마냥 좋아하는 아들의 체온과 불안한 마음을 달래고 있는 아내의 조마조마한 마음도 느껴졌다. 오토바이로 세계문화유산을 한가롭게 둘러보면서 가족이야말로 내게 가장 소중한 존재라는 사실을 가슴으로 느낄 수 있었다. 너무 가까이 있어 평소에는 잊고 살았던 것이다. 가족에 대한 상념이 머리를 떠나지 않았다. 선남선녀가 만나서 가족이 되려면 으레 통과해야 하는 의식이 있다. 부모님과의 첫 대면이다.

오랜만에 입는 양복의 느낌이 좋지 않았다. 그날따라 바람이 몹시 찼지만 내 가슴은 계속 쿵쾅거렸다. 그녀의 부모님을 처음으로 대면하는 날이기 때문이다. 만나기로 한 일식집 앞에서 그녀와 함께 초조한 마음을 달래고 있었다. 잠시 뒤에 택시를 타고 그녀의 가족이 도착했다. 정중하게 인사를 드리자 그녀의 아버님은 온화한 미소로 악수를 청했다. 예약된 방으로 이동하면서 머릿속에서는 온통 '여기서 잘못되면 운명이 엇갈릴 수도 있다'는 생각뿐이었다. 그녀의 부모님이 상석에 자리 잡은 것을 확인한 나는 진심에서 우러나는 큰 절을 올렸다.

"따님을 세상 누구보다도 사랑합니다. 제가 지금은 가진 것도 없고 부족하지만 평생 행복하게 해줄 자신이 있습니다. 결혼을 허락해 주십시오."

밤잠을 이루지 못하고 영화 속의 대사를 떠올리며 죽도록 연습한 말이 일사천리로 나왔다.

"허허, 글쎄. 결혼을 허락할지는 나중에 생각해 보기로 하고 우선 몇 가지 물어봐도 되겠는가?"

"예, 말씀하십시오."

가슴이 덜커덩 내려앉았다. 잔뜩 긴장한 채로 그녀 아버지의 질문을 기다렸다. 성장해 온 과정을 시작으로 가족관계와 친구, 학교 등을 꼼꼼하게 짚어나갔다. 과장하거나 부풀리지 않고 대답했지만 회사에서 보는 면접보다 100배는 힘든 시간처럼 느껴졌다. 그녀의 아버지와 달리 어머니는 말없이 내 모습을 유심히 살피고 있었다. 초긴장 상태로 음식을 제대로 먹지도 못하는 내가 안쓰러웠는지 어머니는 말씀하셨다.

"저기, 음식도 나왔는데 천천히 들면서 이야기 나누도록 하시지요. 총각도 너무 긴장하지 말고 편안하게 많이 들도록 해요."

경직된 분위기를 그녀의 어머니가 편안한 분위기로 유도해 주셨다. 그녀의 아버지는 내게 종교와 가치관 그리고 앞으로 어떻게 살아갈지에 대해 꼬치꼬치 캐물었다. 지금 생각해 보면 그때 무슨 음식이 나왔고 어떻게 대답했는지 기억나지 않지만 장인과 장모의 심정을 지금은 충분히 이해할 수 있겠다. 부모가 되고 나서야 비로소 부모의 마음을 알았기 때문이다.

아유타야 유적을 오토바이로 돌다
도로 사정이 괜찮은 태국에서는 택시보다 오토바이를 렌트해 여행을 즐겼다. 아내와 아이를 태우고 다니 조심스러운 가장의 마음이 되었다.

인도와 달리 곳곳에 널린 깨끗한 길거리 음식도 태국의 매력이었다. 녹부리에 도착했을 때 길에서 마주친 원숭이 가족들도 퍽 온순했다. 인도 원숭이들과는 다르게 사람들을 공격하지 않았고, 살며시 다가와 먹을 것을 달라고 앙증맞게 손을 내미는 모습도 귀엽다. 쉼라에서 먹을 것을 재빨리 낚아채 가던 인도 원숭이와는 너무 다르다. 먹을 것이 풍부한 태국과 달리 먹을거리를 구하는 데 애쓰는 인도 원숭이들이 측은하게 생각되었다.

세계문화유산으로 유명한 수코타이에 도착해 깔끔한 유적지를 보고 깜짝 놀랐다. 일본의 지원을 받아 역사 유적과 자연을 절묘하게 조화시켜 놓은 수코타이의 경치는 한 폭의 수채화처럼 아름다웠다. 자전거를 빌려서 멋진 경관을 만끽하면서 돌아다녔다. 그러면서 일본인들은 정말로 무서운 민족이라는 생각이 떠나질 않았다. 제2의 일본이라고 부를 만큼 일본 자동차와 전자제품이 일상화되어 있는 태국의 이면에는 일본의 치밀한 전략이 숨겨져 있다고 생각하니 씁쓸한 미소가 지어졌다. 옆에서 자전거를 타고 있는 아내에게 물었다.

"여보! 인도와 태국 중에서 어디가 좋아?"

"송주는 태국!"

묻지도 않았는데 녀석이 태국을 꼽았다. 아이들 눈은 정확하다고 하는데 뭐가 녀석의 마음을 사로잡았는지 궁금했다.

"뭐가 좋은데?"

"맛있는 게 많고, 깨끗해."

녀석의 대답은 의외로 간단했다. 태국에 온 뒤로 길거리에서 음식을 자주 사줬고 호텔이나 식당에 들어갈 때마다 우리도 모르게 깨끗하다는 말이 튀어나왔고 그때마다 녀석도 듣게 된 것이다. 아이의 눈에 그렇게 보이는 것이 너무나 당연했다. 아내가 돌아서더니 "딩동댕~"이라며 아이의 의견에 적극 찬성하고 나섰다. 무슨 일이든 아내와 녀석은 한편이 되었다.

여행을 시작한 이후로 지금까지 별탈없이 따라와준 아내와 송주에게 고맙다. 북인도 쉼라에서 몸살로 끙끙 앓던 송주를 등에 업고 병원을 찾아 돌아다닐 때는 마음이 무척 아팠다. 인도 음식에 적응하지 못하고 옷에 설사를 자주할 때도 그랬다. 40도가 넘는 인도의 폭염을 견디지 못하고 등에 땀띠가 나서 아프다고 징징대면서도 지금까지 무사히 잘 따라와준 대견한 녀석이다.

다음 목적지는 태국에서 방콕에 이어 제2의 관광도시라 부르는 치앙마이Chiang Mai다. 화려한 역사·문화와 전통이 살아 있는 태국의 천년고도라는 명성에 걸맞게 웅장한 불교 사원이 가는 곳마다 눈에 띄었다. 장기 여행자를 위한 패키지 상품도 다양했다. 송주와 아내를 위해 하루짜리 관광상품을 골랐다. 코끼리와 대나무 보트를

아유타야 유적지
태국에서는 경이로운 유적과 아름다운 자연이 우리의 시선을 제대로 사로잡았다. 태국의
아름다움에 놀라다 보면 아시아의 관광대국답다는 생각이 든다.

타고 소수민족이 사는 마을을 방문하는 상품이다. 즐겁게 여행을
마치고 피로를 풀려고 마사지샵으로 향했다. 한국에서는 무척 비싼
타이 마사지가 이곳에서는 전혀 부담 없는 가격이었다. 마사지를
받고 있을 때 의자에 앉아서 놀고 있던 송주가 노래를 흥얼거리기
시작했다.

"정글 숲을 지나서 가자! ♪~엉금엉금 기어서 가자~! 늪지대가
나타나면은♬~ 악어떼가 나올라, 악어떼!"

마사지에 취해 있던 아내가 갑자기 아이와 정글 탐험을 해보자
는 황당한 아이디어를 내놓았다. 가능한 일이겠냐고 묻자 가이드
북에 정글을 트레킹Trekking하는 상품이 있다며 내게 선택권을 넘

겼다. 녀석을 위해서라면 망설일 이유가 조금도 없었다.

 태국 동남부에 위치한 '카오야이Khao Yai 국립공원'으로 가는 길은 멀었다. 치앙마이에서 아침 6시에 출발한 버스가 공원에 진입하는 1차 관문인 코랏Khorat까지 도착하는 데는 꼬박 14시간이 걸렸다. 저녁 8시 무렵에 차에서 내린 우리는 식사할 겨를도 없이 버스를 옮겨 타고 2차 목적지에 밤 10시 무렵에야 겨우 도착할 수 있었다.

 7km 떨어진 게스트하우스까지 가려면 택시를 타야 하는데 기사들이 배짱을 부렸다. 200바트를 내지 않으면 모두가 움직이지 않을 테세다. 인도 릭샤꾼들과는 차원이 달랐다. 관광객들을 다루는 방법을 잘 알고 있는 눈치다. 우리 돈으로 6,200원이면 얼마 되지 않았지만 그들의 거만한 태도에 무척 기분이 상한 아내는 편의점으로 들어가 근처에 숙소가 있는지 알아봤지만 허사다.

 편의점을 나선 아내는 다시 택시 기사에게 150바트에 가자며 최후통첩을 날렸지만 들은 척도 하지 않는다. 닳고 닳은 그들이 무척 얄미웠다. 늦은 밤이라 우리가 어쩔 수 없이 이용하게 될 거라고 확신에 찬 표정이었다. 아마도 지금까지 수많은 여행자가 거기에 순응해 왔을 것이다. 달리 방법이 없다고 생각한 나는 아내에게 그냥 택시를 타자고 눈짓했지만 그녀는 달랐다. 협상이 끝났다며 길 건너편에 있는 오토바이 택시를 향해 걸어가는 것이 아닌가? 운전하는 사람을 포함해 3명이 오토바이에 타는 것은 불가능해서 오토바이 택시는 처음부터 내겐 고려의 대상이 아니었다. 더군다나 배낭을 멨고 또 한밤중에 오토바이가 얼마나 위험한가? 그러나 그것은 내 편견이었다.

오토바이 택시와 협상을 벌이던 아내가 내게 건너오라고 손짓했다. 놀랍게도 그녀는 오토바이 하나에 70바트씩 2대로 협상을 마쳤다. 송주를 가운데 앉히고 뒷자리에 타면서 투덜거리는 내게 아내는 인도인들의 믿음인 카르마에 맡기자며 다른 오토바이에 웃으면서 올라탔다. 아내가 탄 오토바이가 먼저 출발하고 송주와 나를 태운 오토바이가 떠날 때 건너편에서 유심히 지켜보던 택시 기사들에게 손을 크게 흔들어 주었다. 그렇게 호락호락 넘어가지 않는 '한국인Korean'임을 확실히 보여준 것이다.

나는 달리는 오토바이에서 불안에 떨었다. 하늘에는 쏟아질 듯이 엄청나게 많은 별이 떠 있고 앞에는 배낭을 멘 아내를 태운 오토바이가 질주하고 있다. 도로 사이 정글에서는 금방이라도 호랑이가 튀어나올 것처럼 수풀이 우거졌다. 현실이 아니라 마치 꿈을 꾸고 있는 느낌이다. 문득 지금쯤 한국에 있었다면 회사에서 야근을 하거나 술이나 마시고 있었을 것이라고 생각하니 쓴 웃음이 나왔다.

직장에 다닐 때는 뭐가 정말로 소중한지 알지 못했던 것 같다. 세상에서 가장 소중한 것은 '가족'이라는 말을 자주 들어와서일까. 머리로는 알면서도 가슴으로는 그러한 사실을 느끼지 못한 것이다. 정말로 소중한 것이 너무 가까이에서 자주 보이면 그 소중함을 모르는 것이 우리 인간의 모습일지 모른다. 지금은 알겠다. 가족과 오랫동안 여행을 다니면서 현지인들과 부딪히면서 가슴으로 깨달았기 때문이다. 직장인에게 가장 소중한 것은 다름아닌 나와 함께 살아가고 있는 바로 '가족'이다.

혹시라도 하는 두려운 마음에 오토바이 속도계에서 나는 눈을 떼지 못했다. 뒤에서 속을 태우고 있는 아빠의 마음도 모르고 송주는 오토바이 탄 것을 무척 좋아했다. 신이 나서 엄마가 탄 오토바이를 따라잡아야 한다며 계속 고함을 질렀다. 나는 왜 녀석처럼 즐거워만 할 수 없는 것일까? 20여 분을 달린 오토바이가 드디어 목적지에 도착했다. 도로 옆에 자리잡은 게스트하우스에는 각국에서 온 여행자들이 파티를 즐기고 있었다. 그런데 밤의 정적을 깨고 우리 가족이 오토바이를 나눠 타고 나타나는 상황이 연출된 것이다. 그들의 시선을 온몸으로 받으면서 마당에 있는 식탁에 앉아 먹을 것부터 주문했다. 식당이 딸린 이곳에서는 정글탐험 상품을 운영했다. 식사가 끝나자마자 주인이 제시한 상품을 보면서 아이에게 적합한 상품을 골랐다.

다음날 아침 일찍부터 게스트하우스가 분주했다. 식사를 마치고 기다리던 여행자들에게 지프가 배정되었다. 유일하게 아이가 딸린 우리는 베테랑으로 보이는 가이드가 지휘하는 차를 배정받았다. 정글 거머리가 기어오르는 것을 막기 위해 목이 긴 특수 양말을 제공하더니 안전교육을 시작했다.

교육이 끝나고 지프가 국립공원을 향해 달렸다. 공원에 들어서자마자 우리는 행운을 잡았다. 1.5m 크기의 도마뱀이 도로를 천천히 가로지르고 있는 것이 아닌가! TV에서나 볼 수 있는 장면이 눈앞에서 펼쳐지자 기대감이 부풀어 올랐다. 감탄하면서 도마뱀을 향해 카메라를 터트리자 한참 포즈를 취하던 녀석은 혀를 날름거리며 정글 속으로 유유히 사라져갔다. 이렇게 멋진 광경을 뒤따라온 다른 팀은 보지 못했다. 정글 트레킹은 온전히 그날의 운이 좌우한다는 말이 실감났다. 연인으로 보이는 젊은 프랑스 커플과 태국 커플 그리고 우리 가족이 한 팀이다.

지프가 다시 밀림 속 깊은 곳으로 들어가다가 시동을 껐다. 망원경을 꺼낸 가이드가 집게손가락을 입에 대고 눈을 크게 떴다. 만국 공통어인 바디랭귀지를 송주도 금방 이해했는지 소리를 죽였다. 정적이 흐르더니 새소리와 동물들의 울음소리가 여기저기서 들렸다. 망원경으로 뭔가를 포착한 가이드가 송주에게 빨리 와보라고 손짓을 보냈다. 여행에서 골칫거리가 될 수도 있었을 녀석이 정글탐험

카오야이 국립공원 정글 트레킹

정글에는 수명이 수백 년 넘은 나무가 자라고 있는가 하면 쓰러져서 다른 생명체에게 영양분을 공급하는 폐목도 많다. 태초부터 자연은 이러한 순환 과정을 거듭해 왔을 것이다. 대자연은 위대하다.

에서는 오히려 VIP 대접을 받았다. 망원경을 한참 동안 들여다본 송주가 큰 새가 있다고 목소리를 낮춰 말했다. 녀석을 안으면서 아내에게 얼른 망원경으로 보라고 신호를 보냈다. 아내와 내가 망원경으로 새를 관찰한 이후에 프랑스 커플이 새를 보려던 찰나에 아쉽게도 새는 날아가 버렸다. 송주는 여행의 장애물이기도 했지만 가장 큰 무기이기도 했다. 송주 덕분에 혼빌Hornbill이라 부르는 거대한 밀림의 새를 우리 가족만 유일하게 볼 수 있었다.

그때부터 우리는 송주가 마사지샵에서 불렀던 노랫말처럼 본격적인 정글탐험을 즐겼다. 늪지대를 지날 때면 악어나 코브라가 나타날까 봐 두려웠고, 자신의 영역을 표시한 곰의 흔적과 팔이 긴 나무원숭이도 볼 수 있었고, 밀림에 서식하는 곤충이나 벌레 등을 확인하면서 밀림 숲을 헤쳐 나갔다. 수백 년이 넘어 보이는 나무와 처음 보는 식물과 웅장한 폭포를 보면서 살아 꿈틀대는 대자연을 확인한 것이다. 무엇보다 잊을 수 없는 시간은 광활하게 펼쳐진 정글을 내려다보면서 도시락을 먹을 때의 멋진 추억이다. 송주는 배가 고팠는지 게 눈 감추듯 밥을 후다닥 해치워 버렸다. 밥을 먹고 아내와 장난 치는 모습을 카메라에 담았다. 소중한 순간을 놓치고 싶지 않아서다.

여행은 때론
인내심을 요구한다 _ 인내

게스트하우스 주인은 아주 친절한 사람이었다. 우리를 버스터미널까지 태워다 주기로 한 것이다. 카오야이 국립공원에서 정글트레킹을 마치고 캄보디아로 가려면 태국의 국경마을인 포이펫으로 이동해야만 했다. 태국에서 캄보디아로 넘어가는 육로에서 앙코르와트로 가는 가장 가까운 경로다.

버스터미널로 향하는 택시에는 게스트하우스에서 함께 묵었던 다른 여행자도 동승하기로 되어 있었다. 서민들의 이동수단인 태국의 택시는 소형트럭 짐칸을 개조해서 만든 독특한 형태다. 의자가 측면으로 배열되어 있기 때문에 자리에 앉으면 모르는 사람과 서로 마주보고 앉아야 한다. 국경까지의 거리가 300km로 버스를 네 번이나 갈아타야 했기 때문에 우리는 마음이 급했다. 아침 일찍 출발하기를 원했지만 함께 탑승하는 사람이 9시에 떠나길 원해서 우리의 출발도 늦어진 것이다. 이처럼 여행하는 동안에는 우리의 의지와는 상관없이 다른 여건들 때문에 여정이 크게 영향을 받는 경우가 많았다.

초조한 마음을 억누르면서 기다리고 있자니 자기보다도 커 보이는 배낭을 앞뒤로 짊어진 금발의 여행자가 다가왔다. 저 사람 때문에 우리의 출발이 늦어졌다는 원망스러운 마음도 들었지만 재빨리 배낭을 받아서 차에 든든하게 고정시켜 주었다. 고맙다고 밝게 웃는 그녀와 자연스럽게 대화가 시작되었다. 아내가 먼저 물었다.

"우리는 앙코르와트를 보려고 포이펫으로 가는 중인데 어디로 가세요?"

"방콕에 들렀다가 치앙마이로 갈 예정입니다."

미국인인 그녀는 회사를 그만두고 이직하기 전에 한 달 일정으로 태국을 여행하고 있었다. 그렇게 시작된 두 여자의 대화는 버스가 터미널에 도착할 때까지 계속되었다. 치앙마이에서 5일을 머물렀던 아내에게 그녀는 정보를 원했다. 그런 그녀의 마음을 잘 알고 있는 아내는 놓쳐서는 안 될 중요한 볼거리부터 자기가 참여했던 요리 강습(Cooking class) 이야기도 생생하게 들려주었다. 터미널에 도착해 서로 다른 목적지를 향해 버스표를 끊었다. 그녀에게는 우리가 이미 다녀온 치앙마이가 다음 목적지가 되고, 우리에게는 수많은 사람들이 다녀간 앙코르와트가 목적지다. 사람들은 그렇게 서로의 목적지를 향해 가다가 인연이 되어 만난다. 누군가는 옷깃만 스치고 누군가와는 깊이 있는 대화도 나눈다. 때론 여행에서 만난 작은 인연이 평생의 배우자로 발전하는 경우도 있다.

우리를 태울 버스가 도착했다. 언제나 자리가 남아도는 우리나라 버스와는 다르게 사람들이 만원이었다. 다행히 송주는 인심 좋아 보이는 아주머니가 무릎에 앉혀 주었다. 노인보다 어린이를 우선시하는 태국의 문화다. 방콕으로 향하는 국도를 1시간 남짓 달려 1차 목적지인 사라부리Saraburi에서 내렸다. 사케이Sakaew로 가는 버스를 갈아타려는 것이다. 터미널에는 과일의 천국임을 증명이라도 하듯이 다양한 열대과일이 잔뜩 진열돼 있다. 형형색색의 선명한 색깔과 독특한 모양이 우리를 매료시켰다. 한국에서는 비싼 가격 때문에 손이 가기 어려운 과일을 부담 없는 가격으로 사서 버스를 갈아 탔다.

버스가 출발하자 차장이 요금을 받기 시작했다. 버스에는 자리가 많아서 아내가 송주를 데리고 앉고 나는 건너편에 앉았다. 차장이 다가오자 아내는 두 장의 차표를 내밀며 턱으로 나를 가리켰다. 차장이 송주를 가리키며 태국말로 뭐라 중얼거렸다. 아내는 그의 말이 아이의 표를 별도로 요구하는 것으로 알고 터미널에서 차표를 구입할 때 아이는 괜찮다고 말했다며 애써 영어로 설명했지만 차장은 알아듣지 못했다. 차장이 다시 뭐라 요구하자 아내는 당황했다. 옆에서 재미있게 지켜보고 있던 나는 송주를 번쩍 들어올려 내 무릎에 올려놓았다가 다시 내려놓으며 차장에게 이거냐는 신호를 보냈다. 차장은 환하게 웃으면서 바로 그거다, 라는 듯이 엄지손가락을 치켜세웠다. 차장이 아내에게 하고 싶었던 말은 지금은 승객이 없어서 괜찮지만 나중에 사람이 채워지거든 승차권을 사지 않은 아이는 무릎에 앉히라는 것이었다. 어렸을 적에 우리나라도 그랬다. 시골에서 버스요금을 아끼려고 나를 항상 무릎에 앉혀가던 어머니 모습이 떠올랐다. 그리고 보니 우리 여행도 어느덧 보름밖에 남지 않았다. 어머니가 그리워졌다.

사케이에 버스가 도착한 것은 오후 2시 무렵이다. 식사시간이 지나서 몹시 배가 고팠지만 먼저 국경마을로 가는 버스부터 챙겨야 했다. 다행인지 불행인지 국경으로 향하는 버스가 시동을 켜놓고 바로 출발할 것처럼 보였다. 점심을 포기하고 버스를 타지 않을 수 없었다. 버스가 2시간을 달려 국경마을의 관문에 도착하는 동안 과일로 배를 채웠다. 국경에 도착하자 택시기사들이 우르르 몰려들었다. 몹시 시장했던 우리는 터미널 안에 있는 식당으로 향했다. 버스에서 내릴 때부터 우리를 따라온 택시기사는 식당에서 우리를 기다리겠다는 눈치다. 식사를 마치고 우리가 자리에서 일어나자 기다렸다는 듯이 쏜살같이 달려와 국경까지 50바트에 가자며 아내의 배낭을 챙겼다. 식사를 하는 동안에 줄곧 기다린 게 마음에 걸려서 택시를 탈 수밖에 없는 상황이었다.

국경으로 출발한 택시가 3km가량을 달렸을 무렵에 기사가 우리에게 캄보디아의 비자VISA를 발급받았는지 물었다. 국경을 넘으면서 받을 거라고 하자 거기는 복잡하니 중간에 있는 비자 발급소에서 미리 받는 게 좋다며 우리를 그곳으로 안내했다. 비자 발급소에 도착해 서류를 작성하면서 기사에게 고마운 마음이 들었다. 직원에게 비자 발급비용을 묻자 인당 1천 바트(30달러)란다. 아내가 20달러 아니냐고 책을 내밀자 잠시 당황해하던 직원은 뭐라 중얼거리면서 한 달 전에 비용이 올랐다고 한다.

"여보, 아무래도 이상해요. 비자 값이 너무 비싸."

"설마, 캄보디아 정부에서 운영하는 곳인데 거짓말이야 하겠어?"

"그런데 송주 비자는 어떻게 하죠? 일단 물어보죠."

아이를 가리키며 비자를 발급해야 되는지 묻자 의외의 대답이 돌아왔다. 아이가 아직 어리니까 비자는 필요 없고 아빠인 내 비자에 아이를 동반했다는 표시를 해주면 된다고 했다. 택시기사의 도움으로 비자를 해결했다는 생각이 들어 그에게 팁을 주기로 마음먹었다. 택시가 검문소를 통과해 드디어 국경에 도착했다.

그런데 이상한 일이 벌어졌다. 정부에서 일하는 사람처럼 옷을 깔끔하게 차려입은 사람들이 우리에게 다가오더니 여권 제시를 요구했다. 미심쩍었지만 국경이라 그러려니 여권을 내밀자 그들이 갑자기 캄보디아의 입국카드를 작성해 주기 시작했다. 이상한 점은 택시기사와 그들이 잘 아는 것처럼 보였다. 그때 그들의 목에 걸린 신분증을 확인한 아내는 택시기사에게 화를 내기 시작했다. 정부 요원을 가장한 그들은 국경에서 앙코르와트까지 외국여행자를 수송하는 캄보디아의 택시기사들로 일종의 거래였던 셈이다. 기분이 몹시 불쾌해진 나는 기사에게 팁을 한 푼도 주지 않고 태국의 출국 심사장을 통과했다.

국경을 걸어서 넘으면서 얼마 가지 않아 우리는 억울한 사실을 알게 되었다. 캄보디아 입국장으로 향하는 곳에 명시된 비자 가격이 '20달러'였기 때문이다. 택시기사와 공무원이 결탁된 사기를 제대로 당한 것이다. 억울해서 다시 태국으로 돌아가 비자를 발급한 캄보디아 직원과 시비를 따지고 싶었지만 시간이 허락하지 않았다.

캄보디아로 넘어와 경찰에게 신고해도 대수롭지 않게 생각했다. 썩을 대로 썩고 부패할 대로 부패한 관료들이 국경에 널렸다는 말이 실감났다. 다행스러운 것은 여권에 찍힌 '아동 1인 동반'이라는 비자만으로도 송주를 데리고 캄보디아의 입국심사장을 무사히 통과할 수 있었다는 사실이다. 20달러씩 3명이 비자를 받을 때나 아내와 내가 30달러씩 비자를 받았을 때나 국경을 넘으려면 어차피

신들의 정원 앙코르와트
세계 7대 불가사의 중 하나이며, 세계에서 가장 크고 아름다운 종교 건축물이다. 아직도 밀림 속에 파묻혀 있는 신비한 유적들이 수를 헤아릴 수 없이 많다고 하는데, 우리가 캄보디아 국경을 넘은 유일한 이유이기도 했다.

60달러가 필요하다며 위안을 삼았다.

우여곡절 끝에 국경을 통과하고 캄보디아에 들어섰을 때 아내가 탄식을 내뱉었다. "다시 인도에 온 느낌"이라며 아내는 열악한 환경을 퍽 안타까워했다. 우리의 머릿속에 '킬링필드'의 이미지로 기억되는 캄보디아는 모든 것이 태국에 비해 훨씬 열악해 보였다. 움푹움푹 패인 채 곳곳에 물이 고여 있는 비포장도로가 가장 먼저 눈에 들어왔다. 국경 하나를 두고 태국과 너무 다른 환경이 놀라울 뿐이다.

인도와 마찬가지로 호객꾼들이 집요하게 따라붙었다. 그중에서도 태국 출국심사소를 통과했을 때부터 따라온 호객꾼이 가장 집요했다. 그는 우리를 안내하는 집사처럼 행동하면서 이곳은 국경이라 위험하니 당장 떠나는 것이 좋다고 우리를 설득했다. 자기 형이 택시기사고 50달러에 시엠립Siem Reap까지 가도록 해주겠다는 것이다. 버스로 10달러면 충분하지만 이곳은 누구도 믿을 수 없는 국경이다. 가이드북에 나오는 버스터미널을 공무원에게 묻자 버스가 없다며 택시를 불러 우리를 태우고 가라고 지시하는 것이 아닌가.

방법은 두 가지다. 어두워지기 전에 숙소를 잡고 국경에서 하룻밤을 자고 아침에 출발하는 방법과 심야택시를 타고 150km의 비포장도로를 3시간 동안 달리는 것이다. 진퇴양난의 상황에서 우리는 국경을 벗어나기로 결심했다. 호텔에 머무는 비용과 시간을 고려해서다. 어떤 택시를 탈지 망설이다 처음부터 우리를 집사처럼 안내해 준 사람을 택했다. 그의 안내를 받으며 그가 형이라고 부르는 사람의 택시를 탔다. 아내가 송주를 데리고 뒤에 타고 나는 기사 옆에 앉았다.

하얀 흙먼지를 일으키며 택시가 질주하기 시작했다. 태국과 달리 우리나라처럼 차들이 우측통행을 했다. 끝이 보이지 않는 광활한 지평선으로 석양이 아름답게 물들고 있었다. 택시는 석양을 뒤로 하고 비포장도로를 전속력으로 달렸다. 전기설비가 열악한 캄보디아라 어둠이 깔리자 사방이 캄캄해졌고 마주 오는 차도 10여 분에 1대꼴로 비켜갔다.

그런데 언제부턴가 택시기사의 표정이 이상해지기 시작했다. 불안하고 초조한 표정을 짓던 그는 가끔씩 몸을 비틀기까지 한다. 그가 주머니에 손을 넣어 무언가를 만지는 순간 '찌리링' 하고 쇠가 부딪치는 소리가 났다. 이상한 낌새를 눈치 챈 아내는 내게 혹시 칼소리가 아니냐고 물었다. 설마, 라고 답하면서도 덜컥 겁이 났다. 사방이 암흑천지이고 여기서 우리를 어떻게 처리한다고 해도 귀신도 모를 일이라 생각하니 등골이 오싹해졌다. 특정 지점에서 동료를 기다리게 하고 우리를 그곳으로 데려갈지도 모른다는 생각까지 들었다. 오죽했으면 내가 먼저 선제공격으로 제압해 버릴까, 하는 마음까지 먹었겠는가! 그런데 갑자기 택시가 멈춰서더니 기사가 재빨리 밖으로 튀어 나갔다. 저쪽으로 황급히 달려가던 택시기사는 바지를 내리더니 소변을 보기 시작했다. 그때까지 아내와 나는 얼마나 불안에 떨었는지 모른다.

우리가 여대생인 박나리 양을 만난 것은 앙코르와트를 방문했을 때다. 멀리서 혼자 걸어오는 모습이 한국 학생이란 느낌을 받았다.

서양인들은 동북아시아에 속하는 한국, 일본, 중국 사람을 잘 구분하지 못하지만 우리는 80% 이상 느낌으로 안다. 비슷한 것 같으면서도 확실히 다른 생김새와 문화를 가지고 있기 때문이다.

여학생이 혼자 다니는 것이 기특해 혼자 온 이유를 물었다. 사연이 있었다. 학교에서 팀으로 응모한 배낭여행이 당첨되어 태국으로 세 명이 왔는데 그 중에 두 명은 태국 푸켓으로 떠났고 자기는 앙코르와트가 좋아서 머물고 있단다. 정보를 교환하다 한국 음식이 먹고 싶다고 하길래 시내에 있는 북한 식당을 추천해 주었다. 학생과 헤어지고 앙코르와트에서 최고의 명물이라는 일몰을 감상한 다음에 시엠립으로 돌아와서 내친김에 저녁을 먹으러 북한 식당으로 갔다. 놀랍게도 박나리 양이 혼자서 냉면을 먹고 있었다.

학생을 다시 보자 배낭여행을 떠났다가 허리띠를 졸라맸던 기억이 떠올랐다. 어쩔 수 없이 써야만 되는 숙박비나 교통비, 입장료 이외에 먹을 것에는 얼마나 소심했는지 5kg이 빠져서 몰골이 흉흉한 채로 방콕 공항에서 서울행 비행기를 기다리고 있을 때였다. 어느 중년의 신사가 다가오더니 내게 서툰 한국말로 한국인이냐고 묻길래 그렇다고 대답하자 미소를 지으며 내게 악수를 청했다. 자기는 재일교포 3세로 무역업을 하는데 내게 한 끼 식사를 대접하고 싶다며 같이 가자고 했다. 얼떨결에 꿈에도 꾸지 못했던 고급 식당으로 그를 따라 들어갔다.

대자연은 위대하다
세계인들이 가장 많이 찾는다는 캄보디아 앙코르와트를 방문했을 때 인간이 만든 세계유산을 오래된 나무가 망친다는 표지판의 글이 눈에 들어왔다. 하지만 나무 입장에서는 인간이 만든 유적이 삶의 장애물일지도 모른다. 앙코르와트에서 인류와 자연이 공존해야 하는 이유를 깨달았다.

뭐든 시키라면서 내미는 메뉴판의 가격을 보고 깜짝 놀랐다. 인도에서 며칠의 숙박을 해결할 수 있는 비싼 가격이다. 그때 중년의 신사는 나를 보니까 15년 전에 자기가 배낭을 메고 다녔던 모습이 떠올랐다며 인도에서 뭘 봤는지 진지하게 물었다. 처음 나와 본 외국이고 인도라는 나라가 너무나 충격적이라 어디서부터 말을 시작할지 몰라 망설이자 그는 고개를 끄덕이더니 "다음번엔 쏙, 북유럽 선진국으로 가세요. 학생 같은 한국의 젊은이들이 큰 세상을 봐야 일본을 이길 수 있답니다. 제 말 명심하세요."라고 말하면서 비행기 시간이 다 됐다며 급히 떠났다.

다시 만나게 된 것이 반가워 우리는 자연스럽게 합석했다. 식사하면서 대화를 나누다 보니 학생에게도 고민이 있었다. 서울에서 교대에 다니고 있던 그녀는 부모가 원해서 온 학교일 뿐 자기에겐 다른 꿈이 있어서 그걸 해보고 싶다는 것이다. 그러면서 한국에 돌아가면 교대를 그만두고 다시 공부를 시작해 다른 대학에 진학하겠다는 속내를 털어놨다.

학생의 말을 들으면서 회사를 그만두고 서른이 넘어 교대에 다시 들어간 후배가 생각났다. 세상은 재미있다. 다른 사람이 그토록 간절하게 이루고 싶어 하는 꿈을 자신은 이미 이룬 사람이라는 사실을 전혀 모르기 때문이다. 자기가 이루고 싶어 했던 꿈과 현실의 직업이 같은 사람이 세상에 얼마나 될지 궁금해졌다. 교사라는 직업이 다른 사람들 입장에선 얼마나 이루고 싶어 하는 꿈인지 학생은 잘 모르는 것 같았다. 학생의 꿈이 궁금했다. 조심스럽게 물어보자 TV 드라마에서 한때 유행했던 호텔리어가 되는 것이 꿈이란다. 학생의 외모나 성격을 고려할 때 교사가 어울려 보였다. 아직은 사회를 잘 모르는 학생에게 뭔가 조언해 주고 싶었다.

"학생은 교사라는 직업을 남들이 얼마나 부러워하는지 잘 모르겠지만 그 꿈을 위해 회사를 그만두고 다시 교대로 진학한 사람들도 많아요."

"잘 알고 있어요. 우리 반에도 LG나 삼성에 다니다가 들어온 언니들도 꽤 있거든요."

의외로 내 후배 같은 직장인이 많은가 보다. 아내가 더 이상 말하

캄보디아의 북한 식당
한국 음식을 먹고 싶을 때 해외에서는 북한 식당도 좋은 선택지가 된다. 캄보디아의 북한 식당에 들렀을 때 같은 음식, 같은 말을 쓰는 북한 사람들이 한민족이라는 자연스러운 느낌을 받았다.

지 말라고 눈치를 했지만 거기서 그만둘 수는 없었다. 학생 시절에 만났던 중년의 신사가 떠오르면서 학생을 만난 것이 어쩌면 운명일지 모른다는 생각이 들었다.

"그럼, 이렇게 해보는 건 어떨까? 당장은 학교를 포기하지 말고 일단 졸업해서 교사가 된 다음에 판단해 보는 방법이지. 그러면 학생에게는 두 가지 선택권이 주어지지."

학생은 눈을 크게 뜨고 집중하기 시작했다. 다음 말을 기대하는 눈치다.

"첫째는 1~2년 교사 생활을 하다가 그 길이 정말 아니라고 확신이 들 때 교사를 그만두고 지금 원하는 호텔리어를 다시 시작하는 방법이고, 둘째는 교사 생활을 하면서 호텔리어를 투잡스Two jobs로 병행하는 방법이지."

그러자 학생은 그런 방법을 생각해 내지 못한 것이 한이라도 되는 듯이, "온몸에 전율이 느껴질 정도로 명쾌한 해법"이라며 내게 고마워했다. 거기다 음식 값까지 계산해 주자 갑자기 서울에서 연락해도 되냐며 전화번호를 달라고 성화다. 기뻐하는 학생을 보자 우리까지도 기분이 좋아졌다. 학생 시절에 공항에서 중년의 신사로부터 받았던 따뜻한 마음을 되돌려준 것 같아서 넉넉한 기분이었다.

떠나온 길을
되돌아가고 싶진 않다 _ 희망

캄보디아에서 다시 태국으로 들어오려고 국경에 도착했다. 캄보디아의 출국심사장에서 여권을 제시하고 무사히 통과한 다음 태국의 입국장으로 향했다. 아뿔싸! 거기서 심각한 문제가 터지고 말았다. 송주의 여권을 받아 든 태국의 입국심사 직원은 아이의 여권에 캄보디아 비자가 없기 때문에 입국을 허가할 수 없다며 완강한 태도를 보였다. 캄보디아 측에서 별도의 비자 없이 내 여권에 '아동 1인 동반'으로 표기했다며 내 여권에 찍힌 그들의 서명을 보여줬지만 절대로 입국할 수 없다는 것이다.

그제서야 일이 크게 꼬였음을 알았다. 잘못하다 송주가 국제미아가 될 수도 있다고 생각하니 눈앞이 아찔해졌다. 어쩔 수 없이 캄보디아의 출국심사소로 다시 돌아가 아이의 여권을 제시하며 도장을 찍어줄 것을 요구했다. 캄보디아 직원은 입국할 때부터 아이의 비자를 받지 않은 것이 문제라며 도장 찍기를 거부했다. 아이의 비자가 필요 없다며 내 여권에 '아동 1인 동반'으로 네가 표기해 주지 않았냐며 하소연했지만 들은 척도 하지 않고 무조건 기다리라고 했다.

몹시 초조해졌다. 1시간이 지났을 무렵 캄보디아에서 입국을 담당하던 직원이 부르더니 먼저 아이의 비자부터 받아오라고 지시했다. 비자를 받으려고 비자발급소로 향할 때 분위기가 심상치 않음을 느낀 송주가 "엄마, 아빠 왜 그래?"라고 물었지만 설명해 줄 방법이 없었다. 그때 캄보디아의 경찰이 다가와 도와주겠다며 호의를 베풀어 왔다. 지푸라기라도 잡는 심정으로 그에게 상황을 설명하며 도움을 청하자 그는 비자신청서를 작성하기 시작했다. 모든 것을 깔끔하게 해결하려면 돈이 필요하다며 비자 20달러와 무비자 입국에 대한 벌금 80달러를 포함해 100달러면 해결해 주겠다는 것이다. 부패한 경찰의 속이 훤히 보였다.

입국할 때 송주 여권에 비자를 받지 않은 것을 후회해도 소용이 없었다. 만일의 경우를 대비해 영사관의 도움을 받자며 전화번호를 알아본 다음에 비자발급소로 향했다. 예상과 달리 비자발급소에서는 20달러를 내밀자 즉각 비자를 발급해 주었다. 다시 캄보디아의 입국심사장에 가서 여권을 내밀자 말없이 도장을 찍어 주며 건너편 출국심사장을 가리켰다. 다시 캄보디아의 출국심사소로 가서 마지막으로 송주의 여권에 출국 도장을 받고 나니 말할 수 없이 기뻤다. 문제를 해결하는 데 꼬박 2시간이 소요되었지만 중요하지 않았다.

다시 태국의 입국심사장으로 돌아와 입국을 거부하던 직원에게 송주 여권을 당당하게 내밀었다. 그는 태국의 출입국법 때문에 어쩔 수 없었다며 입국 도장을 '꽝' 하고 찍어주었다. 천신만고 끝에 국경을 무사히 통과하자 아내는 송주를 힘껏 끌어안았다. 초조함이 심했던 만큼 기쁨도 컸을 것이다. 한 번의 포옹이 수천 마디의 말보다 더 많은 것을 말해주는 순간이었다.

다시 태국으로 입국한 우리는 제2의 푸켓으로 떠오르는 섬 코창 Kochang으로 여정을 잡았다. 태국에는 세계적으로 유명한 해변이 많았지만 거리상으로 가깝고 리무진 버스가 바로 대기하고 있는 곳이 코창이었다. 몇 개의 동선을 놓고 고민하다 내린 결론은 여행이 얼마 남지 않았기 때문에 무리하게 돌아다니는 것보다 여정에서 지친 몸을 달랠 수 있는 섬이 좋겠다는 것이었다. 리무진 버스를 타고 몇 시간을 이동해 다시 배로 갈아타고 섬에 도착한 우리는 처음으로 수영장이 딸린 호텔을 잡았다. 여행이 얼마 남지 않아서 돈을 아낄 필요가 없었다. 드넓게 펼쳐진 수평선을 보자 가슴까지 탁

코끼리 섬이란 뜻의 코창에서

코창의 수영장에서 "인생은 여행이다"라는 아내의 말에 크게 공감했다. 밤에 잠을 이루지 못하고 진지하게 생각해 보니 과연 그랬다. 우리는 지금도 시속 10만7천km로 공전하고 있는 지구를 타고 인생을 여행하고 있는 것이다.

트였다. 아내와 아이를 데리고 쇼핑에 나섰다. 준비하지 못한 수영복을 사려는 것이다.

가게에 들러 수영복을 사고 골목길을 돌아설 때였다. 갑자기 오토바이 한 대가 나타나더니 내 팔목을 쳤다. 충격으로 그 자리에서 쓰러지면서 수영복 가방을 놓치고 말았다. 아내와 송주는 깜짝 놀랐지만 크게 다치지 않아서 다행이었다. 오토바이를 운전한 사람은 20대 초반의 젊은 아가씨로 미안하다는 말을 남기고 근처에 있는 자기 집으로 들어가 버렸다.

아픔도 잊은 채 그녀에게 달려가 무례함을 탓하자 그녀는 크게 놀랐다. 그녀는 우리를 태국 사람으로 오해했다며 미안해서 어쩔 줄 몰라 했다. 현지인이라면 괜찮다는 것인지 이해가 되지 않았다. 그러고 보니 앞에 서 있는 송주의 얼굴이 까맣게 그을려 있다. 아내 는 많이 다치지 않아서 다행이라며 오후의 일정을 포기하고 호텔 에서 수영을 즐기자고 했다.

투숙객이 거의 없는 수영장은 우리를 위해 준비된 것처럼 보 였다. 친절한 여주인은 송주에게 튜브와 공을 가져다 줘서 깊은 물 도 걱정할 필요가 없었다. 수영장에 걸터앉아 아내에게 궁금한 것 을 물어봤다.

"이번 여행에서 당신이 가장 기억에 남았던 장소는 어디야?"

한참을 망설이던 아내가 입을 열었다.

"리시케시에서 래프팅이 끝나갈 무렵 갠지스강에 몸을 던졌을 때가 가장 좋았어요. 태국이 깨끗해서 좋기는 하지만 인도만큼 기 억에 오래 남을 것 같지는 않아. 당신은?"

바라나시에서 목욕했던 때라고 말하자 고개를 끄덕이던 아내가 말했다.

"오랫동안 여행을 하면서 '인생은 여행이다'라는 말이 떠올 랐어요. 정말로 우리의 삶이 여행이구나, 하는 생각을 많이 했어요."

아내의 말을 무심코 듣다가 망치로 뒤통수를 세게 얻어맞은 것 같았다. 곰곰이 생각해 보니 그랬다. 정말로 인생은 여행일지 모른다. 아내와 나는 인생과 여행의 공통점을 하나씩 찾아나섰다. 인생에서 많은 사람을 만나는 것처럼 우리는 여행을 하면서 많은 사람을 만났다. 인생에서 돈이 중요한 것처럼 여행에서도 경비가 중요하다. 하지만 삶에서 돈이 전부가 아닌 것처럼 여행에서도 돈이 전부가 아니라는 사실도 일치했다.

그날 밤 나는 침대에 누워서도 아내가 남긴 '인생은 여행이다'라는 말이 머리를 떠나지 않았다. 인생에서도 누구에게나 슬프고 힘든 일이 닥치는 것처럼 여행을 다니면서 우리에게도 힘들거나 슬펐던 일이 많았다. 기쁠 때도 있었지만 외국인 여행자를 대상으로 사기를 치는 장사꾼이나 호객꾼들에게 매일같이 시달려야만 했다. 점차 돈맛을 알아가는 인도인들에게 실망한 적도 많았다. 침대에서 일어나 발코니로 나갔다. 세차게 내리치는 비를 보면서 오랫동안 사색에 잠겼다. 여태껏 나는 인생이 여행이라는 사실을 왜 몰랐을까.

곰곰이 생각해 보니 인생과 여행에서 서로 다른 점도 있었다. 여행은 우리가 마음만 먹으면 언제든 당장 시작할 수 있지만, 인생은 그렇지 않다. 사람은 자신의 의지와 상관없이 부모로 인해 태어나면서부터 인생이 시작된다. 그것은 인도인들의 믿음처럼, 모든 것이 수천 년 전부터 이미 정해져 있었다는 철학을 인정하는 것 외에는 달리 실명할 길이 없다.

사람들은 '가끔 인생이란 무엇일까?' 라는 철학적 문제에 빠진다. 소중한 사람을 잃거나 중요한 무언가를 선택하는 순간이면 특히 그런 생각이 많이 든다. 행복할 때보다 고독하거나 불행해질 때 더욱 그렇다. 이럴 때 인생은 여행이라고 생각해 보는 것은 어떨까. 오늘도 우리는 지구라는 행성을 타고 지금 이 순간에도 여행을 하고 있다.

지구는 자전을 하면서 동시에 초속 30km라는 총알보다 더욱 빠른 속도로 태양을 공전하고 있다. 우리는 초고속으로 달리는 지구라는 행성을 타고 각자의 인생을 여행하고 있는 것이다. 24시간이라는 하루의 여행이 쌓여 1년이 되고 그렇게 일생을 살아가다 생을 마친다. 인생에서 수많은 사람을 만나는 것처럼 여행에서도 많은 사람을 만난다. 원하든 원치 않든 간에 운명적으로 만남이 이루어진다. 때론 만남이 축복이 되기도 하고 때론 만남이 절망으로 바뀌기도 한다. 사소한 만남이라고 생각했지만 말 한마디가 우리의 여정을 바꿔 놓기도 한다.

사람들은 교통사고를 당하면 '하필이면 왜 나일까'라고 생각한다. 오늘 낮에 당한 오토바이 사고가 우연이었을까? 세상의 모든 만남에는 어떤 우연도 없다는 말이 있다. 사람에게는 누구나 맡아야 할 역할이 있는 듯하다. 고속도로를 달리다 보면 난폭운전으로 질주하는 차를 자주 목격할 수 있다. 고속도로에서 모든 차가 규정된 속도로 달리기 때문에 사고는 일어나지 않는다고 가정하면 어떻게 될까? 고속도로 갓길에서 대기 중인 레커차가 필요 없을 것이고 속도위반을 단속하는 경찰관도 필요 없을 것이다. 그리고 교통사고 환자를 치료하는 정형외과도 줄어들 것이다. 정말로 세상은 인도인들의 믿음처럼 뭔가 알 수 없는 힘에 의해 꽉 짜인 틀대로 돌아가는 것은 아닐까? 온몸에 전율이 일었다.

인생을 흔히 연극이라고 한다. 연극의 맛은 무엇이 좌우할까? 어떻게 만들어져야 관객을 감동시킬 수 있을까? 연극에 출연하는 주연과 조연이 아무리 연기를 잘해도 연극의 맛은 갈등을 조장하는 악역의 역할에 크게 좌우된다. 화려하게 빛나는 배우들 뒤에는 이를 연출한 감독부터 아르바이트 학생에 이르기까지 수많은 사람들의 도움이 분명 존재한다. 우리는 뭔가 알 수 없는 힘으로 연결돼 있고 서로에게 알게 모르게 필요한 존재인 것이다. 여행하면서 만났던 모든 사람들이 의미 있게 다가왔다.

여행에서 우리를 괴롭혔던 사기꾼이나 장사꾼 심지어 오늘 오토바이 사고를 낸 태국의 젊은 아가씨까지 모두가 필요한 만남이지 않았을까. 그 순간에 그렇게 만나라고 알 수 없는 힘에 의해 정해져 있었고, 그것은 다시 새로운 만남을 유도하는 계기가 되었을 것이다.

군대 생활을 할 때 휴가를 다녀온 부하가 변심한 애인 때문에 무척 괴로워하며 군대를 원망했다. 대한민국 군대가 수많은 사랑을 갈라놓았다는 것이다. 그때 철학을 공부하다 입대한 동기가 했던 말이 떠올랐다. "그렇게 생각하지 말고, 그럼으로써 수많은 사랑을 다시 이뤄놓는다고 생각하고 잊어버려라. 그 여자보다 훨씬 멋진 여인이 너를 기다리고 있을 것이다." 지당한 말이다. 그렇게 생각하니 지금껏 살아오면서 만났던 모든 사람이 소중하게 생각된다.

우리가 머무는 호텔에는 여행상품을 안내하는 책자가 많았다. 그 중에서 아내의 눈길을 사로잡은 것은 스노쿨링이다. 망설일 이유가 없었다. 송주도 좋아할 거라며 상품을 예약했다. 다음날 아침 일찍 배를 타고 섬으로 출발했다. 날을 잘못 골랐는지 가랑비가 점점 굵어지더니 거센 파도가 치기 시작했다. 우리를 태운 선장은 노련한 솜씨로 가파른 파도 사이를 가르며 달렸지만 배에 탄 여행자들의 표정은 몹시 굳어졌다. 목적한 섬에 도착하자 하늘은 언제 그랬냐는 듯이 맑게 개었고 사람들은 에메랄드빛 바다에서 스노쿨링을 시작했다.

그런데 송주가 문제였다. 어떻게든 달래 바닷속으로 데리고 들어가려고 했지만 녀석은 공포에 질려 있었다. 아내를 닮아서 겁이 많다고 놀렸지만 사실 네 명의 누나 밑에서 자란 나도 무서웠다. 구명조끼를 입었지만 바닥이 보이지 않을 정도로 검푸른 바다가 두렵게 다가왔다. 우리는 할 수 없이 뱃전에서 낚시를 즐겼다.

점심을 먹고 배가 출발할 때가 되자 다시 주위가 어두워지기 시작했다. 우려했던 폭풍우가 다시 휘몰아치기 시작했다. 배가 뒤집힐지도 모른다는 두려움에 간이 콩알만 해졌다. 배가 심하게 흔들리면서 뱃멀미를 호소하는 사람이 늘었고 뱃전에까지 물이 튀어 올랐다. 그나마 다행인 것은 승무원들의 표정은 아무렇지도 않다는 사실이다. 매일 그렇다는 듯이 웃으면서 원숭이처럼 뱃전에 매달려 놀고 있다. 배가 항구에 무사히 도착하자 감사한 마음이 들었다. 폭풍우가 거세게 휘몰아치지 않았더라면 느끼지 못했을 마음이다.

다음날 해변을 산책하다 황당한 장면을 목격하고 말았다. 해변가에 위치한 5성급 호텔의 수영장에는 전세계에서 여행 온 사람들이 수영을 즐기고 있었다. 그런데 바다에서 해수욕을 마친 동양인 한 명이 모래가 덕지덕지 묻은 채로 호텔 수영장으로 다가왔다. 모두가 설마, 라는 표정으로 지켜봤지만 그는 아무렇지도 않게 수영장에 있는 동료의 이름을 부르면서 멋지게 다이빙하는 것이 아닌가. "진호야!" 그가 부른 한국 이름이었다. 수영장 주변에는 해수욕을 즐긴 다음에 반드시 샤워를 하고 풀장에 들어가라는 안내판이 곳곳에 설치되어 있었지만 그것을 보지 못한 것인지 읽지 못하는 것인지. 같은 한국인으로서 낯이 뜨거워 얼른 그 자리를 피했다.

코창에서 휴식을 마치고 육지로 향하는 배를 기다리고 있을 때 멀리서 여자 셋이 다정하게 걸어왔다. 가까워질수록 들리는 그들의 말이 귀에 익숙한 한국말이라 인사를 나눴다. 그들은 전세버스로 태국을 여행하고 있는 단체관광객이었다. 우리가 인도를 거쳐왔다고 하자 꼭 가보고 싶은 곳이라며 인도가 어떤 나라인지 아내에게 물었다. 아내가 어떻게 대답할지 무척 궁금했다. 아내는 쉽게 말할 수 있는 나라가 아니라 잘 모르겠다고 얼버무렸다.

승선을 알리는 신호를 받고 페리에 올랐다. 매점에서 진열된 과자를 송주가 먹고 싶어 하는 눈치다. 어떤 과자가 먹고 싶은지 묻자 녀석은 손가락으로 점 찍어둔 과자를 가리켰다. 돈을 건네며 칭찬해 줬다.

"우리 송주는 저번에도 과일을 혼자 사왔지~."

"그때 잘했지~!"

아내까지 옆에서 거들자 잠시 주저하던 녀석이 용기를 내어 돈을 받아 매점으로 터벅터벅 향했다. 과자를 턱하고 짚더니 매점 아가씨에게 돈을 내밀었다. 처음부터 이를 지켜보던 점원이 거스름돈을 건네며 녀석의 볼을 쓰다듬으며 뭐라 칭찬해 주는 것처럼 보였다. 외국에서 과자를 혼자 사오다니 대견한 녀석이다.

코창을 떠나 4시간을 달려 찬타부리에서 여장을 풀면서 아내가 호텔에 일기장을 두고 온 것 같다며 울먹였다. 호텔방에 있던 여행 책자와 일기장이 뒤섞여버렸고 그것도 모른 채 방에 두고 떠나온 것이다. 아무리 피곤해도 일기를 꼭 쓰고 잠자리에 들었던 아내에게 그것이 얼마나 소중한지 알고 있었다. 다시 섬으로 돌아가 일기장을 찾자며 안심시켰다. 그러자 아내가 오히려 반대하고 나섰다. 코창으로 다시 돌아가려면 100km에 이르는 거리를 두 번이나 버스를 갈아타고 다시 페리를 타고 섬으로 들어간 다음에 택시를 타고 호텔로 이동해야 한다. 처음에는 번거로운 과정 때문에 내게 미안해서 그러는 줄 알았다. 하지만 그게 아니다. 아내는 내게 의미심장한 말을 남겼다.

"한번 떠나온 길을 다시 되돌아가고 싶지는 않아요. 여행도 일주일밖에 남지 않았는데 그럴 시간이 있으면 차라리 계획에 없던 파타야Pataya에 가는 편이 낫겠죠."

그러면서 내 일기장의 뒤편에 자기 일기를 쓰기 시작했다. 그래도 가족과의 추억이 담긴 소중한 일기장인데 찾아야 되지 않겠냐고 묻자 그것은 이미 지나가버린 과거의 시간이고 중요한 것은 내일이라며 일정을 짜자고 졸랐다.

아내의 말에 깜짝 놀랐다. 그렇다. 나는 이미 지나가버린 과거의 시간을 후회하면서 시간을 낭비한 적이 많았다. 그럴 필요가 조금도 없는데도 말이다. 지나간 시간은 이미 과거일 뿐이다. 중요한 것은 아내의 말처럼 오늘이다. 과거에 얽매이면 그것은 다시 허망한 과거가 된다. 오늘을 열심히 산다면 과거와 미래는 자연스럽게 따라올 것이다.

다음날 아내는 현명한 방법을 생각해 냈다. 여행정보센터를 찾아가 상황을 설명하고 도움을 청한 것이다. 전화로 확인해 보니 주인은 다행히 일기장을 잘 보관하고 있었다. 간호원인 친구가 다음 주 방콕으로 교육을 받으러 갈 일이 있다며 그때 전달받는 것이 어떻겠냐고 친구의 휴대폰 전화번호와 약속 장소를 알려줬다. 다행히 우리가 계획했던 방콕의 일정과도 맞아떨어졌다. 뜻이 있는 곳에 분명 길은 있었던 것이다.

찬타부리를 떠난 우리는 아내의 의견에 따라 다음 목적지를 파타야로 정했다. 거리상으로 방콕에서 가까운 관광도시라 망설였지만 오히려 그것이 사람의 마음을 끌게 하는 묘한 마력이 있었다. 사람이 많을 거라는 우리의 예상은 빗나가고 말았다. 우리나라에서라면 여름철 휴가가 몰려 있는 7~8월이 파타야는 오히려 최고의 비수기였던 것이다. 그래서인지 대부분의 호텔과 여행 설비가 50% 이상 파격적인 할인행사를 벌이고 있다. 50% 할인된 수영장이 딸린 호텔을 잡는 데 조금도 망설일 필요가 없었다. 우리가 묵어왔던 숙박시설 중에서 처음으로 엘리베이터가 딸린 화려한 호텔에서 아침식사까지 해결했다.

파타야에서는 한국인들과 자주 마주쳤다. 여름휴가를 활용해 단체로 관광을 떠나온 사람들이다. 파타야를 떠나기 전에 화려한 만

태국의 일식 레스토랑
태국에는 회전초밥만을 전문으로 운영하는 고급 일식집이 많이 있다. 이곳에서 제공되는 김밥과 김치를 한국 음식으로 생각하는 사람은 한국인뿐일 것이다. 이것이 일본의 방식이라고 생각하니 마음이 무거워졌다.

찬을 즐기려고 가격이 상당히 높은 뷔페식 레스토랑에 갔다. 그때 벽에 한글로 쓰인 문구를 발견하고 우리는 말없이 발길을 돌렸다.

"음식 남길 시 100바트 벌금!!"

내일 죽어도
여한이 없는 삶 _ 현재

　최종 목적지인 방콕에 도착하자 귀국이 실감나기 시작했다. 인도에서 북인도를 시작으로 중앙인도를 가로질러 카주라호와 바라나시를 경유해 델리를 떠나 태국으로 입국해 아유타야를 거쳐 치앙마이와 포이펫, 국경을 넘어 캄보디아에 다녀온 시간이 꿈만 같다. 가족 모두가 여기까지 무사히 올 수 있었던 것도 어쩌면 눈에 보이지 않지만 누군가의 보살핌 때문이라고 생각하니 감사한 마음이 들었다. 어쩌면 어머니의 기도 때문일지도 모른다.

　가족과 여행을 떠나기로 결심한 다음에 내가 풀어야 할 과제 중에서 나를 가장 압박한 것은 부모님을 설득하는 문제였다. 그분들 상식으로는 도무지 이해가 가지 않는 일이다. 시골에서 농사 짓는 부모님에게 매너리즘에 빠진 나를 리프레쉬refresh시키고 건강도 회복하겠다는 말이 어디 가당키나 하겠는가. 더군다나 어머니가 지병을 앓고 있어서 충격을 받으면 안 되는 상황이었다. 회사를 여러 번 이직한 전적이 있어서 이번에 들어간 회사는 오래 다니라고 고향에 갈 때마다 신신당부하기 바쁜 어머니다. 아내와 머리를 맞대고 생각해 낸 아이디어가 해외에 파견근무를 가야 된다는 착한 거짓말이다.

여행을 떠나기 직전에 직장 동료였던 고향 후배의 아버지 부고訃告를 받았다. 꼭 가서 위로해 줘야 할 후배다. 고속버스를 타고 장례식장이 있는 전주가 아닌 고향 집부터 찾아갔다. 부모님에게 해외 파견근무를 하게 됐다는 말씀을 드리고 상갓집으로 갈 계획이었다. 갑작스러운 아들의 방문을 좋아하기보다 어머니는 혹시라도 무슨 변고가 있는지부터 물었다. 안심시켜 드리고 읍내로 외식을 나가자고 하자 아버지는 좋아했지만 어머니는 한사코 집에서 먹자고 고집을 피웠다. 간신히 설득해 옆집에 사는 친구 분과 함께 읍내 식당으로 갔다.

"아버지. 제가 해외로 3개월 파견근무를 받았어요."

"그래. 어디냐?"

"인도입니다. 가서 회사 일 좀 하고 와야 합니다."

"아가야, 거그 위험하지 않타냐?"

깜짝 놀란 어머니는 자식의 안전부터 걱정이다. 대학시절 이미 다녀온 나라라 괜찮다며 어머니를 안심시켰다.

"아따, 별걸 다 걱정하네. 외국 댕겨오면 승진한다고 그러더만. 좋은 일인께 쓸데없는 걱정은 붙들어 매더라고."

옆집 아주머니가 고맙게도 거들어 주셨다.

"그런데 아버지, 제가 8월 15일에나 들어올 예정이라 8월 3일 아버지 칠순에는 가족모임에 참석하기가……."

"쓸데없는 걱정 붙들어 매고, 회사 일이나 잘 마치고 오랑께."

아버지보다 어머니 말이 빨랐다. 당사자인 아버지도 섭섭하겠지만 잘 다녀오라고 하셨다. 수심이 가득한 어머니를 달래며 돌아서는 발걸음이 한없이 무거웠다.

여행자의 허브라 부르는 카오산로드에서 숙소를 구하는 일은 쉽지 않았다. 거리의 유명세가 말해주듯 각국에서 여행을 즐기려고 떠나온 사람들로 북적거렸다. 인종의 구분 없이 넘쳐나는 사람들과 이들을 위해 준비된 길거리 음식, 여행 상품 그리고 현란한 네온사인 불빛 아래서 다양한 길거리 공연이 펼쳐지고 있었다. 여행자의 진한 체취와 숨소리를 느끼며 거리를 활보하는 것만으로도 가슴이 뜨겁게 고동쳤다. 이들 중에는 막 여행을 시작하려고 도착한 사람도 있고 우리처럼 여행을 마무리하려는 사람도 있을 것이다. 여행

방콕 카오산로드
세계 배낭여행의 허브라 부르는 방콕 카오산로드에 가면 가슴이 설렌다. 이들은 무엇 때문에 여행을 즐기는 것일까? 저마다 사연이 있겠지만 분명한 것은 언젠가는 다시 떠나왔던 일상으로 돌아가야 한다는 사실이다.

을 시작하려는 사람이 부럽게 보이고, 떠나야만 하는 우리는 아쉽게 느껴졌다.

방콕에서는 해야 할 일이 많았다. 아내의 일기장을 찾는 일이 먼저다. 우리는 일기장을 돌려받기 전에 그들에게 고마운 마음을 전할 선물을 준비하러 쇼핑에 나섰다. 관광대국의 심장부인 방콕을 쇼핑의 천국이라 부르는 이유를 알 것 같았다. 엄청난 쇼핑몰과 다양하게 완비된 관광 인프라에 입을 다물지 못할 정도다. 그럴수록 우리의 고민은 커져만 갔다. 현지인에게 선물로 무엇이 좋을지 감을 잡을 수 없었기 때문이다.

한국에 있는 가족이나 친구라면 몰라도 현지인에게 무엇이 좋을지 감이 잡히지 않았다. 선물이라는 게 아무리 주는 사람의 마음이면 된다고는 하지만 우리는 그들보다 잘 사는 나라에서 온 외국인이다. 코창에서 방콕까지 일기장을 전해주려는 그들의 따뜻한 마음에 보답할 수 있는 뜻 깊은 선물로 준비하고 싶었다. 오전 내내 쇼핑몰을 돌면서 고민하다 결국 스카프 두 개를 사서 약속한 장소로 향했다. 호텔 주인의 친구라는 그녀를 우리는 몰라봤지만 그녀는 단번에 우리를 알아봤다. 일기장을 전달받은 아내는 그녀의 손을 움켜잡고 몇 번이나 고맙다며 마음을 전했다. 아내가 행복해하는 마음이 그녀에게도 전해졌을 것이다.

입국을 앞두고 우리는 방콕에서 쇼핑을 마음껏 즐기기로 작정했다. 여행을 시작한 인도에서 돈을 절약해 여유가 있었고 남은 돈을 한 푼도 남김없이 쓰고 빈손으로 한국에 들어가기로 했다. 먼저 송주에게 추억이 될 만한 기념품과 부모님의 칠순을 위한 선물부터 사기로 했다. 거대한 쇼핑몰에는 마사지샵과 의료 상품, 미용 제품은 물론 의류, 음식 등 없는 것이 없을 정도로 화려하게 상품이 진열돼 있다. 자기부상 열차가 시내의 쇼핑몰과 쇼핑몰을 공중으로 연결하면서 달리는 모습도 퍽 새롭다. 정부 차원에서 외국인에게 비자를 면제하고 관광을 언제든 자유롭게 즐길 수 있도록 방콕을 탈바꿈시킨 것이다.

우리는 송주에게 옷을 사주려고 태국 실크를 세계적인 브랜드로 키운 짐톰슨Jim Thompson 매장에 들렀다. 시내 중심에 위치한 매장에는 외국인 관광객들로 무척 붐볐다. 가격이 생각했던 것보다 비싸다. 녀석의 T셔츠를 구입해 나오는 길에 노부부로 보이는 두 명의 노인과 마주쳤다. 매장에서 나오는 우리를 보자 기다렸다는 듯이 저쪽에 가면 저렴한 쇼핑몰이 있다며 우리가 그곳을 모르는 것을 안타까워했다. 어떻게 가는지 물었더니 신호등을 건너서 조금만 가면 된다며 능숙하게 영어를 구사했다. 우리는 노부부에게 고맙다는 말을 건네고 가보기로 했다.

길을 건너려고 신호등을 기다리던 우리에게 다른 노인이 다가와 어디에 가는지 말을 걸어왔다. 저쪽에 있는 저렴한 쇼핑몰에 간다고 하자 때마침 잘됐다며 자기도 그쪽으로 가는데 길을 안내해 주겠다는 것이다. 노인의 말에 저렴한 쇼핑몰이 더욱 기대되었다. 국적을 묻는 노인에게 한국에서 왔다고 하자 갑자기 대장금이나 주몽, 허준 같은 탁월한 드라마를 만드는 한국인의 저력을 칭찬하기 시작했다. 동남아에서 불고 있는 한류의 바람을 확인하면서 기분이 좋아졌다. 영어를 능숙하게 구사하는 노인에게 젊었을 때 직업을 묻자 무역상사에서 중역으로 은퇴했다고 자신을 소개했다.

이런저런 이야기를 나누면서 한참을 걸었다. 금방이라던 노인의 말과 달리 쇼핑몰은 한적한 곳에 위치해 있었다. 조금 의심스러웠지만 걸어온 시간이 아깝기도 했고 끝까지 노인을 믿어 보기로 했다. 목적지에 도착한 노인은 빌딩을 가리키며 안으로 들어가 보라는 말을 남기고 어디론가 사라져버렸다. 허름한 빌딩에 들어서자마자 우리는 속았다는 것을 금방 알게 되었다. 그곳에는 수입품이라는 보석과 모조품이 진열되어 있고 쇼핑객도 한산하다. 주인이 얼른 다가와 우리를 극진하게 맞이했지만 불쾌한 심정으로 발길을 돌렸다.

30여 분이나 걸어왔던 길을 되짚어 돌아가면서 녀석이 다리가 아프다고 칭얼거려도 하소연할 곳이 없었다. 한참을 가다가 건너편에서 우리를 안내해 준 노인과 처음에 부부로 보였던 노인이 함께 모여서 이야기를 나누고 있는 모습이 눈에 띄었다. 그들이 쇼핑객을 대상으로 호객행위를 하는 노인이라는 완벽한 증거다. 도로를 눈썹이 휘날릴 정도로 가로질러 달려가 그들 앞에 멈춰 서자 그들은 크게 당황했다. 아이가 딸린 가족에게 그렇게까지 했어야 됐는지 다그쳤다. 아내도 무척 통쾌해했다.

그들을 뒤로 하고 걸으면서 마음이 개운치 않았다. 누군가와 다투거나 화를 낸 뒤에는 화를 낸 사람의 마음도 편치 않은 법이다.

내면의 자아自我로부터 노인들을 그냥 이해했어도 되지 않았겠느
냐, 라는 물음도 들렸다. 늙는다는 것은 과연 무엇일까. 저들이 길
거리에서 호객행위를 할 수밖에 없는 이유도 분명 있을 텐데 마음
이 꺼림칙했다.

노인들과 헤어지고 쇼핑몰을 둘러보면서 아버지 칠순을 기념할
선물을 사고 싶었지만 적당한 물건을 찾기가 어려웠다. 칠순이라
조금은 특별한 선물을 사고 싶었다. 수명이 길어지면서 환갑보다
칠순이 더 중요해진 요즘 시대다. 사람에게 70의 의미는 무엇일까.
내게도 그때가 닥칠지 생각하다가 그만 머리를 설레설레 흔들었다.
지금은 아버지의 선물을 사는 것이 중요하다. 아내가 갑자기 박수
를 치며 좋은 생각을 해냈다. 진작 그걸 생각하지 못한 것이 억울할
정도다. 그것은 출국할 때 면세점에서 사는 것이 최선이다. 그때부
터 우리는 편안한 마음으로 쇼핑을 즐길 수 있었다.

마침내 여행을 마치고 한국으로 입국하는 날이다. 출발할 당시
만 해도 오지 않을 거라고 생각했던 입국일이 닥치자 기분이 묘
했다. 아이와 아내는 아침부터 기분이 들떠서 좋아했지만, 아버지
의 선물을 사지 않았고 귀국한 다음에 가장으로서 헤쳐갈 일이 걱
정돼 나는 마냥 좋아할 수만은 없었다. 면세점에서 선물을 사려고
공항에 일찍 도착했다. 아내가 낸 아이디어는 시계다. 일생에서 '칠

순'이 주는 시간적인 의미도 있을 뿐만 아니라 오래오래 사시라는 의미도 담으면서 여행을 다녀온 기념품이라는 3박자가 모두 맞아떨어졌다. 더군다나 어머니에게도 똑같이 사줄 수 있다. 시계 값은 브랜드에 따라 천차만별이다. 면세점을 두루 살피다 적당한 시계를 골라 포장하면서 나도 모르게 한숨이 나왔다. 이게 부모님께 드리는 마지막 시계가 아니었으면 좋겠다는 말을 듣고 아내도 그런 말 들으니 슬퍼진다고 했다.

사람마다 차이가 있겠지만 나는 아이가 태어났을 때야 비로소 부모의 마음을 조금 알게 되었다. 철이 들기 시작한 걸까. 아이가 자라면서는 부모의 마음이 들여다보이기 시작했다. 아이를 지방에서 키울 때 고향을 방문한 나는 부모님에게 새집을 지어드리겠다고 덜커덩 약속해 버렸다. 아내와 이미 상의된 일이라고 안심시켜드렸지만 사실은 아니었다. 아내를 먼저 설득한 다음에 부모님께 말하는 것이 수순이겠지만 아내를 나중에 설득하기로 하고 일을 저질렀다. 아내에 대한 믿음이 컸고 그래야지 가능할 것만 같았다. 내 말을 듣고 당황하던 아내의 표정을 생각하면 지금도 미안한 마음이 든다. 돈이 100만 원, 200만 원 들어가는 것도 아니고 수천만 원이 소요되는 일을 누가 쉽게 동의할 수 있겠는가.

아내가 내게 섭섭해한 것은 자신과 미리 상의하지 않고 일을 저질렀다는 점이다. 1주일간 외면하던 아내는 그렇게 해드리자며 닫

혀 있던 마음의 문을 열었다. 적금을 해약해 계약금으로 송금하고 긴축재정에 돌입했다. 그렇게 해서 7개월 만에 새집이 지어졌고 마을 사람들은 부러워했다.

부모님 선물을 준비해 홀가분한 마음으로 비행기를 탔다. 그리운 사람들의 얼굴이 하나 둘씩 떠올랐지만 어머니가 가장 보고 싶었다. 여행에서 부모의 소중함을 다시금 깨달은 것이다. 여행을 다니면서 멋진 풍경이나 세계적인 문화유산과 마주할 때마다 부모님 얼굴이 가장 먼저 떠올랐다. 아내도 장인·장모님이 떠오른 것은 마찬가지다. 우리가 편하게 여행을 즐길 수 있는 것도 어쩌면 일제 시대를 겪고 6.25라는 한국전쟁과 보릿고개를 넘은 부모님 세대의 눈물겨운 희생이 있었기에 가능한 것일지도 모른다. 어느덧 과거가 되어버린 여행의 추억을 안고 비행기가 이륙한다. 기내에서 식사를 마치고 물을 마시고 있을 때 아내가 옆구리를 꾹 찌르며 물었다.

"여보, 우리가 이번 여행에서 가장 잘한 결정이 뭔지 알아요?"

"글쎄, 부모님 선물로 시계를 산 거?"

"잘, 생각해 보세요."

"그럼, 예정에도 없던 앙코르와트에 다녀온 거?"

아내가 무슨 의도로 물었는지 의중을 파악하지 못한 나는 아내의 대답이 궁금했다.

"부모님 칠순에 참석할 수 있도록 입국일을 앞당긴 결정이에요.

그때 그렇게 하지 않았더라면 칠순 행사에 참석하지 못할 것이고, 당신이 말한 앙코르와트에도 가지 못했을 테고. 그 결정 덕분에 모든 것이 잘 풀린 것 같아요."

아내의 말이 옳았다. 실제로 입국을 앞당긴 결정으로 처음에 계획했던 여정과 모든 것이 크게 달라진 것이다. 아내의 질문은 계속되었다.

"인생과 여행에서 우리가 찾지 못한 공통점이 하나 더 있어요. 그게 뭘까요?"

어려운 질문이다. 아내의 눈빛은 확신에 차 있었다. 눈만 껌뻑거리고 있던 내게 아내는 말했다.

"인생에서나 여행에서나 자기가 마음먹기에 따라 얼마든 여정을 바꿀 수 있다는 점이 똑같아요. 우리가 일정을 바꿔서 이렇게 일찍 귀국하는 것처럼."

아내의 말이 옳았다. 여행을 다니면서 계속 선택해야 하는 순간이 우리에게 주어졌고 그 판단에 따라 여정이 크게 달라졌다. 아내가 다시 내게 주머니에 돈이 얼마가 남았는지 물었다. 대답하지 못하자 거기에 우리가 찾지 못한 여행과 인생에서 가장 큰 차이점이 있다고 말했다. 여행이 끝나는 날을 미리 알고 있던 우리는 거기에 맞춰 돈을 다 쓰고 입국하고 있지만, 언제 죽을지 모르는 사람들은 죽는 날을 모르기 때문에 돈에 대한 끝없는 집착을 보인다는 것이다.

드디어 여행을 마치고 우리 가족은 인천공항에 무사히 도착했다.

공항버스를 타려고 이동할 때 송주가 우리에게 말했다.

"엄마 아빠, 여기는 말이 똑같아서 좋다."

녀석을 바라보니 여행을 떠날 때보다도 부쩍 자라 있었다.

부모님과 여행을 떠나다
여행을 다녀온 뒤에 한참이 지나고 부모님과 함께 6박 7일간 전국일주를 떠났다. 아내는 아이를 하루만 결석시키고 목요일 밤에 KTX를 타고 부산에서 합류했다. 서울을 시작으로 동해 바다를 거쳐 단양팔경과 안동, 경주, 부산과 남도를 따라 2,200km를 달렸다. 마지막으로 부모님이 돌아가시면 자리할 고향 선산에서의 기념촬영으로 여행을 마쳤다.

일상의 권태가 낯선 여행을 꿈꾸게 한다

3개월여 만에 도착한 우리나라는 인천공항에서부터 포근한 느낌이 들었다. 모든 사람들이 모국어로 얘기하고 있다. 더 이상 무언가를 물어보기 위해 또는 그 대답을 알아듣기 위해 애쓰지 않아도 된다. 단번에 홈그라운드에 있다는 편안한 느낌에 젖어들었다. 집에 도착하자 남편은 이날의 기분을 잊어버리기 전에 여행을 마친 소감을 일기장에 쓰라고 재촉했다. 여행 내내 하루도 빼먹지 않고 써온 일기였지만 더 이상 일기를 쓰고 싶지 않았다. 무사히 여행이 끝났다는 안도감 속에 엄청난 일을 우리 가족이 해냈다는 가슴 벅찬 느낌에 감사한 마음이 들었다.

여행 내내 아이의 건강이 걱정되었고 혹시 문화적으로 충격 받는 일이 없을까 조심스러웠다. 인도에서 만난 외국인과 우리나라 여행객도 아이를 데려온 우리 부부를 보면 가장 먼저 아이가 인도를 어떻게 받아들일지 궁금해했다. 우리 부부보다도 자연스럽게 다른 문화를 받아들이면서 적응했는데도 말이다. 여행이 끝난 다음의 안도감. 다시 소소한 일상이 기다리고 있는 내 공간으로 돌아온 것이 기쁘다. 아침에 눈을 뜨면서 더 이상 낯설고 불편한 게스트 하우스가 아니라는 생각에 마음이 편했다. 하지만 나는 안다. 이렇게 낯익은 편안한 하루가 흘러갈수록 다시 어디론가 떠나는 꿈을 꾸게 될 것이라는 걸. 일상의 반복이 나를 권태롭게 할 때 낯선 곳으로의 여행을 우리 모두는 꿈꾼다.

만디에서 만난 인도인 부부에게 간단한 선물과 함께 사진을 동봉해 편지를 띄웠다. 낯선 이들을 따뜻하게 반겨준 그들이 여행을 하면서도, 돌아와서도 잊히지 않았다. 2천여 장이 넘는 사진을 하나씩 들여다보니 어느덧 아름다운 추억이 되었다. 여행 내내 우리가 이렇게 행복한 순간이 많았다는 생각에 다시 인도 여행을 떠나고 싶어졌다. 사진을 앨범에 정리했다. 우리가 만난 인도인과 음식, 우리가 탄 인도의 교통수단, 인도에서 태어난 팔자 좋은 개들의 포즈에 미소가 절로 나왔다.

일상이 정리될 즈음에 바라나시에서 만났던 김철호 씨를 집으로 초대했다. 여행에서 만난 사람들과 한국에서 다시 연락하자고 말했지만 약속이 지켜진 경우는 거의 없었다. 하지만 인도에서 우연히 세 번이나 만난 그에게서 우리 부부는 인연을 느꼈다. 그는 우리보다 먼저 귀국해 벌써 바쁘게 일상에 적응하고 있었다. 집으로 초대된 그는 벌써 인도에 다시 가고 싶다고 말한다.

본래의 생활에 적응한 지 몇 개월이 지나고 인도에 갔다 온 것이 꿈처럼 느껴지는 겨울에 인도에서 소포가 도착했다. 우체부 아저씨가 내미는 소포를 본 순간 인도에서 왔다는 것을 금세 알 수 있었다. 인도 특유의 흰 광목천으로 바느질해서 기운 포장을 열면서 마음이 설렌다. 인도인 부부가 보낸 선물이다. 편지 한 장과 남편과 나, 아이의 스웨터가 들어 있다. 정성이 가득 담긴 스웨터를 받고 가슴이 메었다. 얼마나 따뜻한 선물인가. 소포를 풀자마자 셋이서 스웨터를 입고 기념사진을 찍었다. 고마운 인도인 부부에게 우리의 기쁨과 감사를 전하기 위해서다.

철학의 나라 인도에서 남편과 나눈 대화는 참 독특했다. 그땐 나의 일상과는 관련이 없는 대화라고 생각했지만 그것은 모두 일상의 이야기였다. 여행이 끝나갈 무렵에 남편과 나는 인생이란 그 자체가 여행과 같다는 결론을 내렸다. 여행 중에 만난 많은 사람들이 이제 내 일상으로 스며들어와 있다. 이들은 우리 가족의 일생을 한층 풍요롭게 만들어 줄 것이다.

마흔에, 인도

2016년 2월 22일 초판 1쇄 찍음
2016년 2월 29일 초판 1쇄 펴냄

지은이   추성엽
펴낸곳   솔트앤씨드
펴낸이   최소영
디자인   EHSOO design studio

등록일   2014년 4월 07일 등록번호 제2014-000115호
주소   121-270 서울시 마포구 구룡길 19 상암한화오벨리스크 B동 314호
전화   070-8119-1192
팩스   02-374-1191
이메일   saltnseed@naver.com
커뮤니티   http://cafe.naver.com/saltnseed
블로그   http://blog.naver.com/saltnseed

ISBN 979-11-953729-6-6 (03810)

이 도서의 국립중앙도서관 출판예정도서목록(CIP)은 서지정보유통지원시스템 홈페이지(http://seoji.nl.go.kr)와
국가자료공동목록시스템(http://www.nl.go.kr/kolisnet)에서 이용하실 수 있습니다.
(CIP제어번호: CIP2016000791)

표지사진 ©gnomeandi

솔트앤씨드

솔트는 정제된 정보를, 씨드는 곧 다가올 미래를 상징합니다.
솔트앤씨드는 독자와 함께 항상 깨어서 세상을 바라보겠습니다.

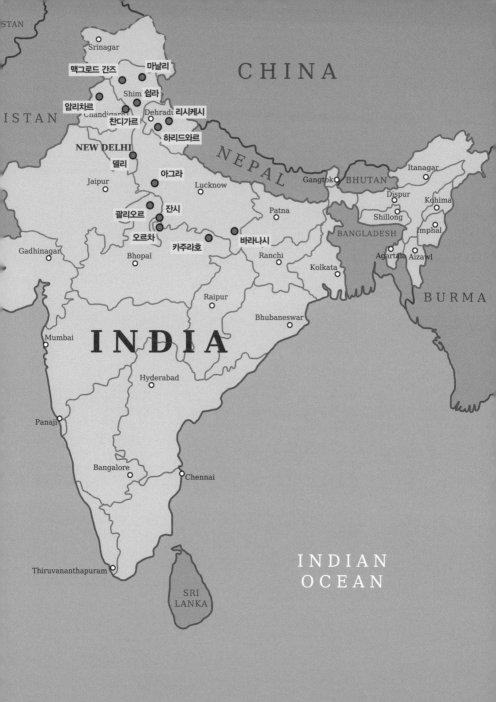